TODAS LAS VIDAS
DE EVA KI

CRISTIAN ACEVEDO

TODAS

LAS VIDAS

DE EVA KI

♔ UMBRIEL

Argentina • Chile • Colombia • España
Estados Unidos • México • Perú • Uruguay

1.ª edición: junio 2022

Copyright © Cristian Acevedo
© 2022 Ediciones Urano, S.A.U.
Plaza de los Reyes Magos, 8, piso 1.º C y D – 28007 Madrid
www.umbrieleditores.com

ISBN: 978-84-16517-80-0
E-ISBN: 978-84-19029-60-7
Depósito legal: B-7.408-2022

Fotocomposición: Ediciones Urano, S.A.U.
Impreso por: Romanyà Valls, S.A. – Verdaguer, 1 – 08786 Capellades (Barcelona)

Impreso en España – *Printed in Spain*

Biografía de Eva Ki

E va Ki fue una de las voces más importantes de la literatura del siglo XXI. Nació en Corinto en 1996, en el seno de
una familia acomodada de origen ateniense. Pasó sus primeros doce años en esa ciudad, después su familia se trasladó a
España. Allí conoció a René de Pardú, entonces secretario del
Ministerio de Asuntos Exteriores, con quien contrajo matrimonio a los diecinueve años.

Ya casada, y con su marido asumiendo nuevas funciones
en el Consulado de España en Escocia, Eva Ki decidió esta-
blecerse en Edimburgo, desde donde visitó asiduamente Buenos Aires, Montevideo y Guadalajara. Tuvieron dos hijos:
Mariano y Belén. Ambos nacidos en Argentina, por decisión
de Eva Ki.

El matrimonio duró cinco años. Tras el divorcio, Eva Ki se
estableció en Isla Velhice, donde publicó su primer cuento
«Anónimas» en la revista *El Dios del laberinto*, bajo el seudóni-
mo de Omar Weiler, y desde donde produjo gran parte de su
narrativa.

Entre sus obras más conocidas, además de *Todas las vidas
de Eva Ki*, destacan *Relatos sin tiempo de Eva Ki*, *Les livres interdits d'Eva Ki* (novela galardonada con el premio Goncourt),
Una muñeca rusa llamada Eva Ki, *Eva a secas* y sus colecciones
de cuentos *A otra cosa, mariposa* y *Mujeres que fuimos hombres*,

antología con la que ganó el prestigioso Premio Strega y con la que consiguió también grandes cifras de ventas en Italia.

Ese mismo año escribió el guion de la película de Pier Romeo Sorrentino *Il Vangelo secondo noi (El Evangelio según nosotras)*, film en el que también interpretó a María Magdalena.

Trabajó como traductora: se destacan las traducciones que realizó de los franceses Marcel Proust, Lord Henry Ketz y Guy de Maupassant.

Fue muy aplaudida también su biografía de la enigmática y exitosa escritora Linda Palmer: *Quién fue (en verdad) Linda Palmer.*

Nuestra casa editora ha querido rendir homenaje a esta gran autora universal publicando algunas de sus obras más importantes, como la que tienes en tus manos.

Umbriel Editores

Repercusiones

El regreso de **Adele** a la industria musical ha causado conmoción tanto en los medios de comunicación como entre sus admiradores. En un *streaming* con la youtuber y maquilladora artística *Chang-O-Tutorials*, la cantante inglesa **Adele** confesó que una mujer la ha motivado durante toda su carrera, y no se refirió a ninguna cantante. **Adele** aseguró ser fanática de la obra de Eva Ki, y lamentó mucho su fallecimiento: «Cuando me enteré de la noticia, casi me desmayo», declaró.

Es de público conocimiento el interés que el director y guionista **Damien Chazelle** (*Whiplash, La La Land, Babylon, Write me*) tiene en la adaptación de cierta obra de la escritora Eva Ki. Aunque no trascendió el título de la novela, personas del entorno del director aseguran que muy pronto empezará el proceso de preproducción, y que en unas semanas el asunto ya no será un misterio. Por otro lado, **Chazelle** reveló estar escribiendo el guion de la que es su novela favorita. Cabe preguntarnos: ¿podremos ver aquella fascinante historia de los libros prohibidos en la pantalla grande?

¡La espera ha terminado! Desde la cuenta oficial de **Harry Styles** se ha anunciado la gira mundial para el año próximo. A su vez, ha trascendido el nombre de su nuevo álbum, del que apenas conocemos el sencillo titulado «Labyrinth». Al parecer, el álbum se llamará *Eva*, en homenaje a la escritora griega Eva Ki, fallecida recientemente.

ADVERTENCIA

Mi nombre es Octavio Bloom, soy director de Umbriel Editores y amigo íntimo de Eva Ki. Durante más de cuatro décadas fui el encargado de publicar buena parte de su obra literaria.

En esta ocasión, tengo la amarga tarea de poner a disposición de sus muchos lectores y sus tantos amigos, las memorias de nuestra querida Eva Ki, siempre presente en nuestros corazones. Estas fueron escritas durante su estancia en la residencia geriátrica Mis Años Felices, después de que fuera voluntad de sus hijos que pasara allí el final de sus días.

Considero indispensable puntualizar que, para respetar la voluntad de Eva Ki de conservar en el presente texto los nombres de las personas implicadas, tuvimos que incluir también las transcripciones de los informes psicológicos que llevó a cabo la doctora Uma Noemí Faltsua, durante la residencia de Eva Ki en Mis Años Felices.

Sus amigos y admiradores sabrán saltearse esos apartados que, si bien formaban parte del tratamiento terapéutico, insertados aquí no hacen más que deslucir un texto que exuda verdad a cada frase, y que demuestra que nuestra querida Eva Ki no perdió en sus últimos días ni un ápice de inteligencia.

Aunque fue una condición *sine qua non* integrarlos al presente texto, no es un requisito leerlos.

Por lo que respecta al correcto orden de los capítulos, espero haberme ceñido a su voluntad y que, así, el lector recorra el texto de la forma en que ella lo previó al escribirlo. Como íntimo amigo de Eva Ki, he procurado evitar cualquier mínimo error al respecto, del mismo modo que he trabajado con empeño para obtener información de primera mano acerca de lo ocurrido en el mundo el último 27 de abril, principalmente durante el terremoto de magnitud 5.9 que sacudió a Lisboa a las 18:32.

Las acotaciones intercaladas entre capítulos («Repercusiones», «In memorian», «Posdata», etcétera) persiguen un objetivo ambicioso y desinteresado: que el lector pueda componer y comprender, con cada uno de esos fragmentos, las mil vidas que Eva Ki vivió en sus setenta y tres años de creación artística. En relación a esos suplementos, cabe mencionar que, tras su fallecimiento, se acercaron a la editorial muchas y muy reconocidas figuras del mundo literario en particular (y artístico en general), para manifestarnos sus intenciones de participar en cualquier tipo de homenaje que decidiéramos organizar en su memoria. Teniendo en cuenta que nuestra Eva Ki era muy poco amiga de ese tipo de eventos, decidimos limitarnos a incluir solo los textos que creemos que le agregarán matices a su obra, y colaborarán para armar el rompecabezas que ha sido su vida literaria.

Hechas estas aclaraciones, invito al lector a avanzar con la lectura del (¿último?) texto de Eva Ki. Un pequeño retrato de sus últimos días, la extraordinaria exhibición de sus vastos recuerdos.

El final de una historia, que es apenas el principio.

Octavio Bloom
Director de Umbriel Editores

A mis muchos hijos, que tanto amé y tanta falta me hacen: Mariano, Belén, Jack, Irina, Alexandre, Zulema, Michael, Farid, Lostris, Gretchen, Anna, Dante, Exequiel, Máximo, Ruth, Vladimir, Rebecca, Ulises, Mixcóatl, Ivan, Frida, Ligeia, MinLing, Soraya, Bernat, Tadeo, Annipe, Simón, Harriet, Dalila, Santiago, William, Jezabel y a esa legión de hermosos hijos de quienes esta anciana no recuerda los nombres, pero aún conserva un gesto, una sonrisa, una mirada.

Eva Ki

1996-2069 Isla Velhice

Decir toda la verdad es imposible. Y no por el deseo de ocultar algo, sino porque los recuerdos se sumergen en la misma atmósfera de los sueños.

Cuando entonces, Juan Carlos Onetti

EVA KI

Hubo una época en que la primera frase de un texto era la más importante. Ese tiempo ya no existe. No habrá unánimes noches, ni pelotones de fusilamiento, ni Gregorios convertidos en monstruosos insectos. No habrá un comienzo inolvidable para todo este desorden que es mi cabeza.

Empezaré, entonces, con una afirmación más que obvia: mi nombre es Eva Ki. Y si lo escribo, es tanto para asumir mi papel en toda esta historia como para recordármelo. Eso: no lo tengo que olvidar. Eva Ki me llamo. Estas páginas debes leerlas al principio, aunque se trate de lo último que redacto en estos cuadernos que se llevaron la poca prudencia y lucidez que me quedaban, que no era mucho, vale decir.

No tengo dudas de que todo este papeleo conformará la primera de mis muchas obras póstumas; estoy segura de que la leerás cuando el presente en el que vivo haya desaparecido, espero que de forma definitiva, absoluta.

Mientras ese final llega, tengo setenta y tres años y paso los días en la casa de retiro Mis Años Felices, que no es ninguna casa de retiro y mucho menos donde una pueda vivir los años de mayor felicidad. Digamos que, pese a que el edificio es lo más parecido a un museo, las instalaciones son aceptables, las camas son cómodas, los baños están aseados y el personal a cargo nos ofrece un mínimo respeto, lo que es mucho decir por lo que me han contado. La mayoría de las veces nos tratan como los vejetes que somos y no como si fuéramos niños malcriados. Para mí, eso es suficiente. No serán los años felices, pero al menos se viven con cierta tranquilidad.

Escribo estas memorias a mano, en cuadernos de colores iguales que los del colegio: tengo verdes, amarillos y rojos. Lo hago desde «El recodo de los milagros»: así llamo al rincón más iluminado de mi habitación, ubicado detrás de la puerta. Por la tarde, la luz que entra por la ventana es tanta que parece un reflector de teatro, así de luminoso es el rincón. Así de caluroso también: el sol cae pesado como un cielo de piedra y a veces se hace difícil respirar. A veces, me seca la boca el sol.

De todas formas, escribo. Sentada en una silla que no será la mar de cómoda, pero al menos no me entumece este armazón óseo en que se ha convertido mi trasero. Tampoco me perjudica la espalda, como sí lo hacen las sillas del comedor, que son un infierno de duras y parecen elementos de tortura de la Edad Media. Si a alguien se le ocurriera abrir por sorpresa la puerta de mi habitación (no sería la primera vez), en el momento en que estoy sentada con las piernas apuntando hacia la ventana, me golpearía tan fuerte las rodillas que no podría ni andar. Y como sé que en cualquier momento tendré que levantarme y caminar por el pasillo hacia la galería, hacia «la declinante noche», mejor me cuido. Mujer precavida vale por dos. Por eso escribo levantando la cabeza todo el rato, por si viene alguien: no ando rápida de reflejos. Paro la oreja también y presto atención. A esta altura el oído no ayuda, pero da igual.

Eva Ki soy. Si lo repito, es para no olvidarme. No es vanidad, no estoy fascinada con mi nombre. Está tan gastado que cuanto más lo pronuncio, más absurdo me resulta. Es como repetir muchas veces una palabra. «Abismal», por ejemplo. Es una palabra bella, profunda, tiene su trasfondo poético incluso. Y, así y todo, a la décima o vigésima vez, pierde todo el sentido.

> *Abismal, abismal, abismal, abismal, abismal, abismal, abismal, abismal, abismal, abismal, abismal, abismal, abismal, abismal, abismal, abismal, abismal, abismal.*

El ejemplo vale tanto para «abismal», como para «doctrina», «perpetua», «chubasco», «remordimiento», etcétera.

> *Doctrina, doctrina, doctrina, doctrina, doctrina, doctrina, doctrina, doctrina, doctrina, doctrina.*
> *Perpetua, perpetua, perpetua, perpetua, perpetua.*
> *Chubasco, chubasco, chubasco, chubasco.*
> *Remordimiento, remordimiento, remordimiento.*
> *Eva Ki, Eva Ki, Eva Ki, Eva Ki, Eva Ki, Eva Ki.*

Nada de lo que redunda mantiene su significado, su interés. El eco podrá empecinarse todo lo que quiera, pero la tozudez jamás lo hará que suene como una voz.

Si lo sabré yo... yo... yo... yo.

El asunto es que esta cabeza ya no puede más y desde el lunes ha empezado a fallarme. Por eso lo repito.

Bagdad, Persia, Francia, Salem, Uma, Eva Ki, Maribel, Elisabeth, libros prohibidos, Bagdad, Persia...

Eva Ki, setenta y tres años, escribo mis memorias sentada en una habitación de Mis Años Felices. Fui joven, muchas veces, pero ya no.

Conservo los recuerdos de mis vidas pasadas. De algunas de esas vidas he querido explayarme en estos cuadernos, porque hay recuerdos que no pueden soltarse, que una los lleva prendidos como garrapatas y es una comezón rara; a veces duele, a veces gusta.

También tengo sueños de vidas futuras. O tuve, no lo sé. Puede que ya no los tenga más: el presente en el que escribo estas palabras parece que ya se acaba, por fin, así que mejor recurrir al pretérito perfecto. *Tuve*. No lo digo con pesadumbre, me ilusiona que el presente se termine y que se trate de un final como la gente: absoluto, definitivo.

Tuve. Fui.

Ansío que las únicas memorias que permanezcan de esta y mis muchas otras vidas sean las que leerás a continuación. Que esta sea la última vez que cruzo el puente colgante hacia la vejez, la decrepitud, el extravío. Que tras mi paso se corten los tensores, como en las películas, y que no haya forma de volver al otro extremo, que no haya vuelta atrás. ¡Que estoy cansada, ya!

En fin… que ya está bien. No quiero volver y creo que esta vez voy a tener suerte. Unas páginas más como mucho. Y mientras yo me apago, no tienes más que dar vuelta la página y comenzar a leer lo que escribí hace unas semanas, cuando todavía estaba lúcida. Cuando los anillos no me asfixiaban las manos añosas y todavía no había soñado mi último sueño.

1983-1996 Buenos Aires

Yo no comencé a existir cuando nací, ni cuando fui concebido. He estado creciendo, desarrollándome, durante un incalculable número de milenios.

El vagabundo de las estrellas, Jack London

UNA BUENA VIDA

Una vez nací el 20 de enero de 1983. Según mi madre, ese jueves fue el día más caluroso del año. Ella se llamaba Maribel, detestaba el verano y tenía una sonrisa perfecta. Era una mujer un poco triste, aunque se esforzaba por mostrarse siempre feliz. Cuando nací, ella tenía diecinueve años.

Esa vida es la que más gratos recuerdos me trae, por eso conservo el nombre que me dio Maribel: *Eva. Eva Ki.* El apellido me lo inventé. Corresponde a las iniciales de mis dos padres favoritos. Kuzmin es uno; Iruela, el otro.

Ninguno de ellos fue el padre que me tocó el 20 de enero de 1983. Durante esa vida, fuimos solo Maribel y yo. Tal vez por eso la recuerde tanto, porque no fue nada fácil. Tampoco fue nada aburrida. Ella se encargaba de que nos lo pasáramos bien. O de que yo lo pasara bien, a pesar de todo. Mi padre de entonces se llamó Gustavo. No lo conocí y él nunca supo de mi existencia.

Casi nueve meses antes de que yo naciera, se ofreció como voluntario de la guerra y no volvió más. Murió el 21 de mayo de 1982, en manos de unos piratas que irrumpieron con la intención de ocupar el puerto. No supo que su novia esperaba un bebé suyo. Ella se lo contó en una carta que le mandó cuando llevaba un mes y medio de embarazo. La carta nunca llegó. El puerto quedó en manos de los piratas.

Eso me lo contó mi madre unos cuantos años después. Aunque en anteriores vidas yo ya había perdido muchos padres (de muy pequeña algunas veces), nunca me había tocado nacer sin uno. Era extraño. Tal vez por eso mi madre Maribel es mi favorita. Porque fue mi madre y mi padre a la vez.

Esa vez me tocó ser capricornio. Mi madre siempre me decía que me esperaba para el 25 de enero y no para el 20, que se pasó todo el embarazo creyendo que sería acuario. Le fascinaba la astrología. Una vez me dijo que, con la vida que llevábamos, era una suerte que yo no fuera acuario. Que las personas acuario sufren el doble.

Nunca sentí que nuestra suerte fuera muy penosa, en ocasiones es la que mejor recuerdo... Tal vez tenga que ver con que algunas de las vidas anteriores fueron muchísimo más ingratas. Siempre atribuí esos comentarios desmesurados de mi madre al hecho de que ella fuera cáncer. Lo digo con conocimiento de causa. Más de una vez me tocó ser cáncer: no es nada divertido.

Tengo muchos recuerdos de mis años junto a Maribel. De algunas vidas casi ni me acuerdo; de otras, tengo que esforzarme mucho para traer a la memoria hechos apenas significativos. Hay una vida incluso de la que solamente sé por escritos de una vida posterior. Tampoco he dado con el recuerdo de la primera de todas mis vidas. Pero con Maribel tengo infinidad de momentos. Desordenados, caóticos: caprichosos.

Un día que la acompañé a vender sábanas casa por casa y no vendimos ni una, pero compramos helado y me llegó el recuerdo de otra vida donde, con mi padre Iruela, íbamos al zoológico y pedíamos helado de chocolate y vainilla. Un verano en casa de la tía Lola, que nos alojó hasta que mi madre consiguió un trabajo nuevo y una habitación. Cuando una amiga de mi madre llamada Romelia nos hizo conocer a su familia gitana, y pasamos Navidad y Año Nuevo entre enormes toldos y caravanas. Un hombre de bigote, que quiso mucho a mi madre durante un tiempo, y después ya no la quiso y no lo volví a ver. Una fiesta de disfraces en la que estaba todo el barrio, incluida Romelia vestida de gitana; yo me disfracé de la Chilindrina. Una mudanza. Mi cumpleaños número 12. Un hombre sin bigote, que se reía mucho y bebía mucho, y también bailaba mucho con mi madre. Mi madre sonriendo. Mi cumpleaños número 9. Una pesadilla en la que me arrastraba por un pasillo oscuro, y mi madre me tranquilizaba, mientras me acostaba en la cama, cantándome: «Esa nena linda que nació de noche». La vez que me puse enferma y daba pena mirar a mi madre a los ojos. Cuando supo que lo mío no tenía solución y me llevó a Necochea, y metí los pies en el mar por primera y única vez. Un castillo de arena, un cubo con caracoles, un choclo con matenca, una puesta de sol.

Después de aquel viaje, la memoria de esa vida se me empantana, los recuerdos se vuelven difusos. Me pasa siempre. A medida que una vida empieza a extinguirse, todo se desenfoca, se sumerge en una niebla espesa. Igual pasa con los primeros instantes de la siguiente vida. No sé por qué. Solo sé que mi vida preferida, aunque no duró mucho, fue la que viví con mi mamá Maribel. Por eso decidí que siempre voy a ser Eva. Eva Ki.

Romelia fue la que le enseñó a mi madre a tirar las cartas. Al parecer, mi madre tenía un don con esas cosas. Con lo de la astrología lo mismo. Era capaz de ver a alguien y adivinar de qué signo era. Hablaba de signos, de ascendentes, de lunas. Cuando se cruzaba con alguien que le caía mal, decía: «Aries, sin duda, o que me parta un rayo»; o decía: «Que me parta un rayo si no es de virgo».

Nunca la partió un rayo. Durante una tormenta tuve miedo. Siete años tenía. Llovía con truenos que hacían temblar las ventanas. Por poco, el techo no resiste de tantas goteras. Habíamos tenido que colocar cubos y cacharros por el suelo. Tuvimos que mover la cama y poner el colchón en la cocina: la losa no estaba seca del todo, pero dormir teníamos que dormir.

Esa vez vi un rayo. Desde la ventana, lo vi caer y explotar muy cerca. Enseguida se cortó la luz. Tuve mucho miedo. Recuerdo que pensé, que supliqué, que mi madre no se equivocara con lo de los signos. Cerré los ojos y rogué: «Que no la parta, que no la parta, que no…». Hasta que me fui de esa vida, a mi madre nunca le cayó un rayo. «Soy infalible», decía. Y era cierto.

Esa noche terminamos chapoteando en la habitación, con una canción que mi madre se inventó y que recuerdo que mencionaba a Salamanca, que yo creí que era un reptil o un monstruo y un tiempo después descubrí (*recordé*) que se trataba de una ciudad española. Bailamos descalzas, a la luz de las velas. Nos dormimos con las paredes salpicadas de tanto chapoteo y con el sol escurriéndose por el tragaluz de la cocina.

Que yo recuerde, esa fue la única vez que bailamos durante una tormenta. Cuando llovía, lo habitual era que jugáramos a las cartas. Al Chinchón, a la Canasta, a la Escoba. En ocasiones, mi madre sacaba la baraja de tarot que le había regalado Romelia y me hacía cortar con la mano izquierda.

Fue así cómo descubrí que, a diferencia de mi madre, el tarot no era infalible. Porque en ningún momento ella leyó que me pondría enferma y que me despediría de esa vida sin llegar a los catorce. Una vez le di la vuelta a la carta de los enamorados, y mi madre leyó una hermosa historia donde yo llevaba puesto un vestido beige de princesa y todos me contemplaban y me aplaudían mientras yo bailaba y bailaba; otra vez me tocó la carta del mago (que junto con la de la suma sacerdotisa era mi favorita), y mi madre me describió cómo conseguiría todo lo que me propusiera.

Las cartas nunca le dijeron que yo jamás conocería el amor en esa vida, que no llegaría siquiera a la edad en que la gente empieza a planificar su vida adulta. Nunca vieron lo que realmente pasaría. El tarot no solo es falible: es un completo engaño. Setenta y ocho cartas que no valen más que un cinco de corazones o un tres de oro. Es cierto lo que dicen, que los gitanos son unos charlatanes. Al menos los que yo conocí, que fueron muchos. Romelia no fue la excepción. Mi madre tenía el don de adivinar los signos de las personas con nada más que un vistazo, de eso estoy segura, pero jamás tuvo el superpoder de descubrir las mentiras que las cartas de Romelia le mostraban. Que *nos* mostraban.

En otra vida, una que viví mucho tiempo atrás, una persona sabia me dijo que era recomendable ir ligera de equipaje. No lo dijo con esas palabras, tampoco en este idioma, pero la idea era esa. Quería decir que hay sentimientos de los que conviene desprenderse.

De mi vida favorita, que es el breve tiempo que compartí con mi madre Maribel, no conservo ningún resentimiento. Es verdad que, por ejemplo, no le guardo simpatía a Romelia y sus tramposas cartas de adivinación, pero una cosa es el desagrado y otra muy distinta, el rencor. Para viajar libre de peso no se puede ser rencorosa. Eso es lo que me dijo aquel hombre. Eso mismo acabé entendiendo después de demasiado tiempo. A veces me acuerdo de ese hombre. Se llamaba Sahriyar. Lo dijo así:

«*Dayimana alsafar mae humulat khafifa*».

Esa es otra de las vidas que recuerdo muy bien. Claro que por aquel entonces no me llamaba Eva, mucho menos Ki. Faltaban siglos para que conociera a mis padres favoritos y a la mejor de mis madres. Fue la primera vez que me enamoré. Al menos que lo recuerde. Era un hombre sabio. Se llamaba Sahriyar.

Fue un cretino.

Quince siglos, y todavía lo recuerdo.

465-498 Persia

Y Dios lo hizo morir durante cien años y luego lo animó y le dijo:

—¿Cuánto tiempo has estado aquí?
—Un día o parte de un día —respondió.

Alcorán, ii, 261

MIL Y UNA

En aquella época tenía sueños muy raros que no entendí hasta las siguientes vidas. A decir verdad, con el tiempo los entendí todos, excepto uno. Pasaron los milenios, con sus siglos y sus décadas y sus años, y aún no he sabido interpretarlo, entenderlo. Al día de hoy, sigo sin poder descifrarlo. De eso seguramente hablaré luego: la intriga me puede. Me refiero al de las luces que oscilaban alrededor, que luego comenzaría a llamar «El sueño de las estrellas tambaleantes».

Ya sé que los sueños son siempre extraños, sé que nadie pasa los días intentando darles un sentido. Pero, en mi caso, se trataba de circunstancias que, muchísimo tiempo después, me tocaría vivir. Algo así como premoniciones. Solo que una premonición lo es, si una la entiende como tal. Y yo, al principio, solo los consideraba sueños y punto.

Nunca fui muy supersticiosa, así que vivía mis sueños como lo hace la gente no supersticiosa que sueña cosas extrañas: me despertaba sobresaltada, extrañada o entusiasmada, y al cabo de un rato me olvidaba lo que había soñado. ¿Cómo me iba a imaginar que mis sueños, y mis pesadillas, se harían realidad años después?

Alrededor de 1500 años antes de mi madre Maribel, viví en Oriente. Fui la mayor de dos hermanas. Doniazada se llamó mi hermana menor. Yo no me llamaba Eva Ki, aunque ahora sé que, de algún modo, siempre fui Eva Ki. A pesar de ser hijas del visir, no contábamos con ningún privilegio. Puedes ser hija del primer visir del imperio, pero si tu padre es un cobarde, siempre serás la hija de un cobarde. Fue él quien me ofreció como esposa real, aun cuando todo Oriente Medio sabía que el rey había degollado a sus anteriores esposas.

De manera que fui concubina primero, y esposa después, de un rey tan inmaduro como despiadado. «El rey niño» me gustaba llamarlo en secreto, porque es lo que era: un rey cuyo imperio se extendía desde Persia hasta la India, y cuya arrogancia se propagaba más allá del Ganges.

Por aquel entonces, yo no hacía mucho más que leer: relatos de poetas, crónicas y leyendas de reyes antiguos; el Corán, las siete narraciones, los libros capitales, los libros esenciales de los maestros de la ciencia. Por más que me desagrade, debo aceptar que fue mi padre quien me permitió acceder a esa vasta literatura: por entonces era un lujo que la mayoría no podía darse.

Y fue gracias a esas lecturas que pude evitar que muchas mujeres cayeran en las garras de ese rey bárbaro. Y gracias a que Alá me había regalado el amor por la lectura, y en colaboración con Doniazada, conseguí entretener a ese rey al que mi padre me cedió con tal de salvar su pellejo.

Tan pronto como se celebró la ceremonia nupcial, le pedí a mi flamante esposo, el rey niño, que me permitiera contarle una historia. Así fue como me tocó pasar mil y una noches sin dormir, divirtiendo con relatos a un rey que no había soportado que su primera esposa le fuera infiel y que, desde entonces, vengaba las infidelidades degollando una mujer cada noche. Sus propias esposas, repugnante rey niño.

Las dosis de intriga que les suministraba a las historias me permitió evitar que me matara a mí también. Lo cautivaba con relatos cuyos desenlaces se extendían hasta el alba, de modo que él se entregaba al sueño, anhelando que la tarde siguiente continuara en el punto exacto en el que me había detenido, y así cada noche.

Y mientras el rey niño degollador de mujeres se imaginaba sin cornamenta, yo soñaba con las lejanas tierras de Occidente, con acontecimientos que pertenecían a mis vidas próximas, con sucesos insólitos que yo creía que eran fruto de mis tantas lecturas. Los sueños premonitorios.

No los recuerdo todos. Y de los que recuerdo, hay uno que me apetece evocar. Uno que soñé muchas veces en muchas vidas, con lugares y personas que creía que eran inventados. Un sueño que no era un sueño, sino otra cosa.

Era pequeña. Acababa de cumplir once. Hablaba un idioma que me resultó áspero, abrupto. Después descubrí que era alemán. Un hombre nos había recibido a mí y a mi padre en su enorme residencia. No tenía madre, al igual que no tenía madre la primera vez que lo soñé. Era evidente que ese hombre y mi padre eran muy amigos: apenas llegamos, se dieron un apretón de manos que duró unos segundos y que recuerdo porque inmediatamente después se convirtió en un abrazo como yo nunca había visto entre dos hombres.

Yo tenía una amiga que se llamaba Serilda. Ella tenía la mirada parecida a la de mi pequeña hermana Doniazada. Solo en eso se parecían. Me encantaba la ropa que llevábamos.

Jugábamos a peinar una muñeca de cabellos dorados frente a una enorme pared en la que nos reflejábamos (que luego descubriría que se trataba de un espejo), hasta que oímos los primeros golpes.

En pocos segundos, la casa se convirtió en un escándalo, como si se estuviera derrumbando. Me abracé muy fuerte a la muñeca. Serilda abrió grandes los ojos y me miró fijamente. En el exterior, todo era un estruendo. Gritos, quejidos, carreras. Me dio pánico ver mi rostro aterrado en el espejo, así que clavé los ojos en los de Serilda. Se oían cristales que estallaban, trastos que rechinaban y parecían estallar también.

Serilda lloraba. Creo que yo también. Hasta que se abrió la puerta. Las voces y el estruendo ahora eran personas. Personas con expresiones desencajadas. De ojos apagados, como de peces. Unas manos le apretaron el hombro a Serilda y ella empezó a gritar y a patear. Yo también gritaba y lloraba.

«Despidámonos del nazi», dijo una voz. Lo dijeron en esa lengua que era alemán y que yo todavía no conocía, pero que de todas formas entendí; quizá hasta intuí en el sueño qué era un nazi. Las demás eran voces incomprensibles. Me llegaban como en medio de una tormenta de arena. Eran ecos que yo apenas podía oír. «Adiós, nazi», dijo la misma voz de antes. La escena duró apenas segundos. Enseguida me llevaron también a mí.

El sueño siempre se terminaba en ese momento, con alguien agarrándome muy fuerte de la cintura y yo mirándome por última vez en el espejo. Muchas vidas después de soñarlo, supe que ese nazi al que se referían era mi padre. Que su amigo también era nazi, que yo misma era nazi por ser hija de mi padre. Que esos que vinieron a matarnos tenían razones para querer hacerlo. Que resulta que el hombre es capaz de todo con tal de hacer valer su voluntad, por muy absurda y grotesca que sea.

Que el hombre no es otra cosa que un rey niño con miedo a que le vuelvan a meter los cuernos.

Lo supe hace 1500 años, pero no lo comprendí hasta que se cumplió la premonición. Tuve que ver a mi padre abrazándose con un desconocido para empezar a entenderlo: que mis sueños eran mucho más que sueños. Para cuando apareció Serilda, yo ya estaba segura de que todo sucedería tal como lo había soñado siglos atrás.

Por eso intenté, aunque sin lograrlo, no mirarme al espejo. No quería verme, no quería que mis ojos me reprocharan lo estúpida que había sido por no ser capaz de evitar lo que pasaría a continuación. Que me agarrarían fuerte de la cintura y no podría evitar que la Eva Ki hija de padre nazi, aterrada por lo que estaba a punto de ocurrir, me devolviera la mirada a través del espejo.

Durante las primeras noches, debía refrenarme para no sucumbir ante la tentación de decapitar al rey niño degollador de esposas. Me faltó coraje, debo confesar. Me hubiera resultado sencillo hacerlo. Lo tenía a mi entera disposición. Después, al ver que el rey niño disfrutaba de mis historias, aprendí a apreciarlas yo también. A nuestras noches. A cada una de las historias. Al rey niño, mi esposo. Así fue como se me pasó esa idea ridícula de asesinarlo. Así fue como llegué a pasarme todo el día ensayando los relatos que le contaría al caer la noche.

Tonta. Mientras el sueño me revelaba mis vidas futuras, la vigilia me tenía enamorada del rey niño, que me escuchaba como nunca nadie me había escuchado; que acompañaba con muecas y ademanes los devenires de mis historias; que sonreía cuando le describía con todo lujo de detalle las aventuras de

Simbad y abría los ojos como dos lunas al oír hablar de Roc, el pájaro gigante capaz de tapar el sol con sus alas.

Según lo que recuerdo, esa fue la primera vez que amé. Era un cretino, un asesino de mujeres; y lo amé con todo mi corazón. No me enorgullece, y preferiría excluir aquello de mi memoria. Que, al fin y al cabo, esa experiencia no me ha servido ni como aprendizaje. Si no hago otra cosa que andar por la vida, por *las* vidas, enamorándome de cretinos que fingen interesarse por mis asuntos.

Por mí.

Por eso mi vida junto a mi madre Maribel fue mi favorita. Porque llegué sin padre. Porque me fui sin hombres.

¡Alá te bendiga, Eva Ki, hija de Maribel la Valiente!

INFORME PSICOLÓGICO

Doctora Uma Noemí Faltsua

Datos de filiación

Nombre y apellido: Eva Ki

Edad: setenta y tres años

Género: Femenino

Lugar de nacimiento: Corinto, Grecia

Fecha de nacimiento: 28/09/1996

Estado civil: Divorciada

Examinadora: Dra. Uma Noemí Faltsua, Matrícula Nacional 115.288

Técnicas utilizadas: Entrevista y observación

Motivo de la consulta

Se solicita un análisis del estado de salud mental (área emocional y área de personalidad) de la señora Eva Ki, que incluye conocer la existencia o inexistencia de alguna patología en su personalidad.

Primera aproximación

24 de marzo. Hoy he conocido personalmente a la señora Eva Ki. Hemos conversado unos minutos, en su habitación. Ha dicho estar escribiendo, aunque su cuaderno estaba cerrado y sobre él había una naranja a medio pelar.

Le he preguntado qué escribía. Ha contestado que sus memorias, pero luego se ha corregido y ha afirmado escribir una novela. Tras unos segundos de indecisión, ha confesado que aún no sabía de qué se trataba.

Ha propuesto leerme un fragmento más adelante. «Cuando tenga las cosas más claras», ha dicho. Tengo la sensación de que pretendía que me marchara, que me respondería lo que fuera con tal de quedarse sola.

Hemos intercambiado las frases típicas de quienes empiezan a conocerse. Por mi parte, le he hecho saber que conozco su obra literaria. Le he hablado de su novela *Relatos sin tiempo de Eva Ki,* a lo que me ha respondido lo siguiente: «Eso lo escribí hace una eternidad. Si bien no me enorgullece, tampoco me avergüenza, lo que es mucho decir».

Me ha confesado ser muy mala con los títulos. Me ha contado que fue el señor Octavio Bloom quien, hace más de cuatro décadas, le sugirió aquello del *Relatos sin tiempo.* Que, de ser por ella, la novela se habría llamado *Las horas perdidas de una mujer sin tiempo* o alguna «barbaridad semejante». Lo ha dicho con tono despectivo, aunque ha soltado una risita. Ha dejado a un lado la naranja, ha abierto el cuaderno y ha empezado a escribir.

A simple vista, se la veía lúcida y dinámica. Conservaba la mirada de una joven. Ese es un rasgo positivo dado que los primeros indicios de muchos trastornos de personalidad se evidencian en la mirada.

Si bien se ha esforzado en mostrarse amable, es evidente que disfruta sobremanera de la soledad. Y como todo aspecto evidente, merece ser observado. A pesar de que su introversión es un rasgo que el señor Bloom nos señaló como característico, y puede detectarse a simple vista, tal actitud también puede tratarse de una coraza.

El objetivo principal de las próximas sesiones será evaluar si su predilección por el aislamiento se debe a una insuficiencia social. ¿Puede su introversión agravar su estado?

1996-2069 Isla Velhice

Siendo inmortal y renaciendo a la vida muchas veces, y habiendo visto todo lo que pasa, no hay nada que el alma no haya aprendido. Por esta razón, no es extraño que, respecto a la virtud y a todo lo demás, esté en estado de recordar lo que alguna vez supo.

Menón o de la virtud, **Platón**

DESTINO

*Con un origen tan literario como el mío, era de esperar que en la
mayoría de mis vidas futuras me convirtiera en escritora.*

E mpecé el capítulo escribiendo esta frase, sin saber muy
bien hacia dónde iba. La escribí, la taché y la reescribí
muchas veces. De formas diferentes. No sé cuántas. Hasta
que caí en la cuenta de que el principal problema de esa afirmación es que esconde una mentira, y he decidido no mentir,
no aquí. No es falso que en muchas de mis vidas (en muchos
de mis *ciclos*, como también me gusta llamarlos) deseé escribir historias. El problema es que, en realidad, no tengo ni idea
de cuál es mi verdadero origen.

En las primeras de mis múltiples vidas fui una lectora
voraz y una narradora implacable, muy cierto. También es
cierto que, en otras tantas, me vinculé con diferentes tipos
de expresiones, más o menos artísticas, como la vez que
fui la narradora oral de una tribu iroquesa, o cuando me
convertí en la protectora de los libros prohibidos de uno
de mis padres favoritos, o el ciclo en que abandoné a mi
querida amiga Elisabeth *(siempre conmigo, tonta Elisa, amada Elisa mía)*, para no acabar colgada de la horca junto a
ella.

Durante la mayor parte de mis vidas, ejercí actividades equivalentes a las de una escritora de estos tiempos. Solo en tres o cuatro ciclos desempeñé tareas para nada relacionadas con la literatura, incluido mi ciclo preferido: el de mamá Maribel, que como ya he dicho fue muy muy breve y apenas tuve tiempo de dedicarme a ser yo. Creo haberlo dicho, ¿no?

El meollo de todo este palabrerío es que no puedo identificar mi primera vida. ¿Es la de mi ciclo en Persia o hay otras memorias que no logro recordar? Supongo que hay más, que esos escenarios brumosos que, de tanto en tanto evoco y que nunca he podido descifrar, pertenecen a vidas anteriores. Si no estoy completamente segura es porque, si bien dispongo de muchos recuerdos, hay una frontera imaginaria más allá de la cual todo se vuelve vago, impreciso. Una frontera que siempre me imagino delimitada con una línea amarilla: puedo pisar la línea, lo sé, desde allí hasta aquí estamos en un vasto territorio de certezas, una patria de pasados inobjetables de este lado de la frontera amarilla. No tengo dudas de las cosas que sucedieron o no a este lado.

Pero, al poner un pie más allá, los recuerdos se difuminan, una niebla espesa los cubre y ya no sé si me estoy acordando o si estoy invadiendo suelo extranjero a fuerza de puras mentiras. O una mezcla de las dos. Esa frontera está ubicada en algún lugar del siglo v, cuando ocurre lo del rey niño. Intentar ver más allá me da jaqueca. Pero igual lo intento.

Por eso me puse a escribir después de tanto tiempo: puede que así, evocando mis muchos pasados, vertiendo en el papel los recuerdos más relevantes, logre determinar cuál de todas fue la vida primigenia. Puede que ejercitando la memoria consiga desplazar el límite unos centímetros más allá, un paso más allá cada vez.

La edad. Ese es el problema. Una envejece y comienza a manejarse con puros sobreentendidos. Entonces, en lugar de dilucidar cómo funciona esto de cargar en la memoria tantos ciclos vitales, avanzo como si el lector supiera los pormenores de mi extraordinaria condición. Pues bien: es momento de enmendar esos errores, desvaríos de una mujer que cree que lo recuerda todo y se olvida de que ha envejecido. Otra vez.

Será mejor, entonces, explicarme.

Ya lo he mencionado, pero bien vale repetirlo, ya sea solo por amedrentar a esas señoronas que se niegan a decir su edad: setenta y tres años tengo en el momento en que escribo esto, más del doble de la edad de Cristo. Me refiero, claro está, exclusivamente a los años que he cumplido en esta vida. Ya dejé atrás la época en que atesoraba años como si se tratase de pequeñas riquezas, como si almacenar horas de vida tuviera algún mérito, alguna utilidad.

Cuando la suma dispar de años llegó a los ochocientos cincuenta, decidí que ya estaba bien, que era mejor contarlos de manera independiente. Desde entonces, he optado por lo más práctico: toda vez que la cuenta se reinicia, vuelvo a poner el marcador en cero. Tiene sentido, ¿no es así?

Así que son setenta y tres. Logré igualar a Isabel II de España, a Bukowski, a Darwin y a James Brown, cuya música nunca entendí, tan onomatopéyica, tan de circo. A los dos Charles los conocí en persona: me refiero a Bukowski y a Darwin. En ambos casos, eran mucho mayores que yo. Eso jamás les importó. A ninguno de los dos. Podía vérseles en los ojos que se sentían adolescentes todavía, que eran chicas como yo las que les proporcionaban esas tiernas ilusiones. La historia del rey niño cada vez. Siempre.

Fui muy tonta durante buena parte de mis pasados. Me fue imposible no repetir ciertos errores. Pero, si hay algo que las vidas me han enseñado, es que la única forma de acertar es acumular desaciertos. No sé cuándo nació la engañosa frase que desaconseja tropezar dos veces con la misma piedra. Si la vida no es otra cosa más que una pista circular repleta de obstáculos. Créeme: le he dado demasiadas vueltas y me conozco el recorrido de memoria, y aun así, no sé andar sin trastabillar a cada paso. A veces, incluso, tropiezo con piedras que veo de lejos y con un amplio margen de maniobra.

Otra vez me salió el tiro por la culata.

Esta es una de mis vidas más largas. Tanto que basta con quitarme los anillos al final del día para notar una sensación de alivio y descanso, como un preso al que acaban de quitarle las esposas.

Setenta y tres años. Y podría decir que hace no mucho logré comprender cómo funcionan, en esta sucesión constante de ciclos, el olvido y el recuerdo. En primer lugar, es prudente aclarar que mi memoria no permanece despierta todo el tiempo. Al nacer, no guardo conmigo la conciencia de vidas anteriores. ¡Menudo fenómeno borgiano sería! La multiplicidad no es lo mismo que la inmortalidad, y ese es un punto a mi favor.

Al respecto, podría decirse que mis infancias fueron tan inocentes como las de cualquier hijo de vecino. Aunque no del todo: poco a poco, los recuerdos comienzan a despertarse. Entonces, cuando cumplo cinco años, por decir un número al azar, empiezo a recordar cosas de cuando tenía cinco años en los ciclos precedentes. Cuando cumplo seis, lo que me pasó cuando tenía seis. Y cuando cumplo doce, me asaltan las memorias de mis muchos otros doce años. Ahora, por ejemplo, se empiezan a desperezar las vivencias de mis pocas vejeces. Les juro que no hay nada que merezca plasmar en el papel. Como no habrá nada cuando, en ciclos ulteriores, pretenda rememorar tardes como la de hoy. Una anciana, sentada en un rincón (al que ha bautizado «El recodo de los milagros», aunque de milagroso no tiene nada), escribiendo en un cuaderno, encorvada, contraída, menudo recuerdo.

Sé que esta es una de las vidas más longevas porque ya «he recibido» la memoria de muchas de mis muertes: a los trece, a los cuarenta y seis, a los treinta y tres, a los cuarenta y uno...

Dicen que para muestra basta un botón, ¿no es así? Pues bien: a los cinco, me dormí mirando una película con mi madre Maribel, en el sillón. No recuerdo qué película era. Pero sí que en algún momento de la noche, ella me alzó y me llevó a la cama. Es un recuerdo fugaz, insignificante, donde evoco más una sensación que un hecho en sí: el perfume inconfundible de mi madre, su voz susurrándome para que no me despertara, sus caricias cuando ya me había acostado, las palmadas en la espalda, la felicidad total.

A la mañana siguiente, me desperté confundida. No solo recordaba lo que mi madre Maribel había hecho la noche anterior, que ya dije que era más bien una sensación, sino diversos momentos en los que había sentido lo mismo: una sucesión de imágenes tan desbocada que, si no fuera porque las mantas me contenían, me hubiera caído de la cama ante semejante embestida. Esa mañana recibí, aunque me costó comprenderlo, la memoria de sensaciones similares experimentadas a la misma edad.

Imagino que creería que se trataba de una pesadilla producida por mi imaginación, no por mi memoria. No lo sé, no lo recuerdo. Quién sabe. Tal vez todo sea una gran pesadilla, tal vez no es que haya vivido tantos años como creo, tal vez sigo dormida y han pasado tan solo un par de horas, quizá voy a despertarme pronto y, al hacerlo, junto a mí esté mi madre Maribel, frente a nosotras el vaivén de un mar que va queriendo amanecer, Necochea por la mañana, la sonrisa de mi madre preferida, mis catorce años que finalmente son posibles, reales.

Soñar no cuesta nada.

En definitiva, así funciona la cosa: a medida que crezco, van creciendo mis memorias, mis múltiples ciclos pasados. No importa cuántos años cumpla, la frontera permanece firme, inapelable. Y eso ya me está empezando a molestar. A mis setenta y tres, ya no me preocupa nada el porvenir: anhelo por encima de todas las cosas saber cuál fue mi primera vida, conocer las raíces de mi particular árbol genealógico.

Cruzar la frontera y entender por qué. Eso busco al garabatear cada palabra: un *porqué*.

1671-1692 Salem

Matamos en cada embestida, en cada pliegue, todos los pasados posibles. Nacemos en cada beso. Con cada caricia construimos lo inimaginable del futuro.

Lagartos de limón, **Pablo Mariani**

ELISABETH

Durante la vida que coincidí con Elisabeth, no solamente tenía pesadillas acerca del ajusticiamiento de mi padre nazi, también soñaba con otras de mis muchas vidas futuras, que yo todavía no sabía que lo eran: mis pequeños pies mojándose en una playa lejana (ese sueño luego se convertiría en un atardecer con Maribel); un cielo de luces que se tambaleaban (sueño enigmático que ya he dicho que no he sabido interpretar y que tendré que detallar en breve); una escena en la que mis dedos pulsaban pequeñas teclas que se imprimían sobre papel (sueño que evocaría un futuro en el que yo sería poetisa, y esas pequeñas teclas serían las de una *Underwood 11 española*); una fiesta y un vestido beige (mi matrimonio con René, de quien me divorcié hace unos cincuenta años y no he vuelto a tener noticias); una pila de cinco ejemplares aparentemente importantes (sueño en que yo custodiaba lo que luego conocería como «los libros prohibidos»), etcétera.

Soñaba con futuros que no sabía que lo eran, y esos sueños sucedían mientras dormía. También soñaba con un único porvenir, y en él me acompañaba siempre Elisabeth: estaba bien despierta cuando me permitía esa pequeña esperanza.

Entre tantas vidas, solo fui capaz de amar a dos mujeres. Una de ellas fue mi madre Maribel; la otra, fue Elisabeth. Y, aunque por razones muy distintas, las abandoné a las dos. A mi madre Maribel la dejé llorando la muerte de su hija de trece años recién cumplidos; a Elisabeth la dejé una noche, sin siquiera despedirme, sabiendo que a la mañana siguiente vendrían a por nosotras, a su casa y a la mía.

No estuve cuando la mataron. No cumplí nuestra promesa de escaparnos juntas, de permanecer siempre la una con la otra, en la vida y en la muerte. Me fui, la abandoné. Aun con el conocimiento de que me deparaban muchas otras vidas, que podía renunciar a esa a cambio de cumplir con mi amada Elisabeth. Imperdonable. Me fugué acurrucada entre las bolsas de hortalizas que cargaba la carreta del mercado, la mañana de aquel jueves. Me desvanecí en secreto.

Sin mirar atrás, sin asomarme siquiera cuando pasamos por su puerta, la de Elisabeth, mi querida amiga Elisabeth, a quien amé mucho y mucho mal le hice; cómo es posible que luego de tantos años, de tantas vidas, una no sea capaz de olvidar, de prescindir de las memorias más espantosas; ¿por qué son esos los recuerdos que nos machacan siempre? ¿Por qué son esos los que vuelven todo el tiempo? ¡¿Por qué?!

«Tan a menudo te he proclamado mi musa», le gustaba decir a Elisabeth, admiradora como era de Shakespeare. También le gustaba llamarme Margarita. «Margarita, mi musa», decía. No lo dije, pero en esa vida mi nombre era Margaret. Margaret y Elisabeth éramos, y existía una placentera sonoridad al nombrarnos, una música que provocaba que siempre nos mencionaran en ese orden: Margaret y Elisabeth. Nunca al revés, nunca Elisabeth y Margaret, porque en esa pronunciación no había poesía, las palabras no se deslizaban, no discurrían, eso solo sucedía al poner en primer lugar el nombre Margaret, y así la «t» final se pegaba a la «y», que luego se enlazaba con la «E» de Elisabeth, como si pertenecieran a la misma palabra, como si dijéramos *Margaretielisabeth*.

Así de unidas fuimos: yo, su musa; ella, mi poesía. Hasta que una mañana ya no hubo más Elisabeth, se acabó la aliteración y la armonía. Adiós, Elisabeth. Directo a la horca. «Que las cuelguen», decían la tarde anterior, «merecen la horca, han pactado con el demonio». Y mientras los pies de Elisabeth oscilaban marchitos en el aire, la arpía, la muy miserable Margaret, llegaba a otro pueblo escondida entre zanahorias y mazorcas, sin vergüenza, sana y salva, sin perdón.

Son muchas las cosas que, posteriormente y hasta el día de hoy, se dijeron y se dicen de aquel hecho siniestro: quiénes estuvieron involucrados, quiénes fueron los que originaron la histeria colectiva, quiénes fueron condenados y quiénes dictaron sentencia. Tanto se ha afirmado y desmentido que corro el riesgo de sumarle a mi recuerdo las certezas de historiadores, cronistas y presuntos expertos.

Pero mi Elisabeth se merece la verdad más que nadie, así que voy a hacer lo imposible por no contaminar mi memoria con verdades de escritorio. Desecharé todo lo que he oído y leído durante mis sucesivas vidas. Me limitaré a contar lo poco o mucho que recuerdo. Diré, y he aquí mi pequeña e insignificante redención, toda la verdad.

Toda la verdad.

Se ha establecido que fueron veinte los ejecutados: catorce mujeres y seis hombres. Ese es un dato que no proviene de mi memoria, sino de los libros. Solo supe de dos de ellas: Elisabeth y Tituba. No conozco el nombre de los otros dieciocho. No quise saberlo. Cada vez que una nueva vida me traía el recuerdo último de mi Elisabeth, me obligaba a no indagar en los registros, no fuera cosa que a esas dos debiera sumarle otras muertes, otras heridas y otras culpas.

Es cierto que para ese momento ya no solo el reverendo Parris nos miraba con ojos reprobatorios cada vez que Elisabeth amanecía en mi casa, es verdad que se había convertido en un mal hábito de toda la aldea difamarnos, acusarnos de blasfemas, de profanas.

También es cierto que no nos importaba demasiado. No era muy distinto a lo que sucedía desde siempre. ¿Cuántas veces Elisabeth había tenido que soportar que se la maltratase, que se la atacase por el simple hecho de preferir un libro a un vestido? ¿Cuántas veces yo misma había sido citada como el ejemplo de lo no debido en los estúpidos sermones del reverendo Parris, por haber rechazado mil veces las propuestas de matrimonio de Thomas Matheson?

No era raro, insisto, que llamáramos la atención: la posibilidad de elegir y el placer de pensar con total libertad, sumados a dos temperamentos muy fuertes, por no decir imposibles, hizo que toda la aldea se volviera hacia nosotras, que se detuvieran a examinar qué demonios era lo que nos hacía distintas, libres, peligrosas.

Lo sabíamos, no éramos tan inocentes como para suponer que no habría consecuencias, no esperábamos hacerle un desplante al reverendo Parris o a sus tontas hijas, y que no tuviéramos que pagar por ello. Éramos conscientes de que nos estábamos arriesgando el día que procuramos oponernos a que Tituba, la esclava de la familia Parris, fuera torturada tras ser acusada de brujería.

Éramos libres. Elegimos. Y lo pagaríamos.

Lo que no nos imaginábamos era que se lo cobrasen de esa manera: apresándonos, apedreándonos, colgándonos (el plural es excesivo, lo sé). De todas formas, no me arrepiento de haber defendido a Tituba. Hicimos bien. No logramos nada, pero era lo correcto. De lo que sí me arrepiento es de haber abandonado a Elisabeth, de haber decidido, con esa jactanciosa libertad nuestra, huir con tal de seguir respirando, como si fuera gran cosa tragar aire y expulsarlo, una vida tras otra, si ese aire no lo respira también la persona amada.

A la primera que ahorcaron fue a Tituba, vaya defensa la nuestra. Estuvo un día presa, y al otro día llegó la condena, para tranquilidad de todos, que a nadie le gusta saber que anda una bruja suelta. Pobre Tituba, fueron las hijas del reverendo Parris las primeras en acusarla. Había que culpar a alguien, claro. Porque resulta que las hermanas Parris empezaban a mostrar síntomas de alguna enfermedad, con llagas en la piel que parecían mordidas, decían, aunque yo nunca las vi. Marcas que podían haber sido provocadas por algún tipo de alergia, pienso ahora. Y empeoraban cada día un poco más.

Se sumaron otras, al poco tiempo, también mujeres, con fiebres, espasmos y hasta contorsiones que daba miedo ver; era indispensable hallar la razón de esa epidemia extraña, y la razón era obvia: había brujas en Salem.

Y si de brujería se trataba, ¿quién más que Tituba podía estar vinculada a los hechos recientes? Tituba era esclava; Tituba era de origen indio; Tituba trabajaba en casa de los Parris; Tituba confesó todo tras una larga sesión de torturas. No había dudas: Tituba estaba al servicio de Satán. Había que colgarla.

Después se dirá que a las brujas se las quemaba en la hoguera; lo cierto es que por entonces las colgaban, hacía falta solo una cuerda y la rama de un árbol capaz de soportar no más de setenta kilos, por unos pocos minutos. Fueron veinte, según se sabe. La primera fue Tituba. La segunda fue Elisabeth. Yo debía ser la tercera, pero el sol comenzaba a clarear cuando abandonaba la aldea y al amor de mi vida.

Yo debía ser la tercera. Y pese a que en ninguna de mis vidas pasadas había tenido un sueño premonitorio al respecto, la madrugada del 17 de septiembre de 1692, tal vez unas semanas después de haber huido de Salem, unas semanas después de la muerte de mi amada amiga Elisabeth, con la misma dosis de libertad que de remordimiento, le puse fin a mi vida.

No recuerdo cómo fueron los últimos instantes, ya he dicho que la percepción de los comienzos así como la de los finales es difusa, borrosa. Me gusta creer que en lo último que pensé fue en Elisabeth.

Me gusta creer que una versión de mí, al menos una pequeña porción mía, ahora está con ella.

Que me perdonó y que sigo siendo su musa.

Margaretielisabeth.

Sé que no es así: mi condena es morir, regresar, reincidir, recordar.

1892-1938 Madrid

Vi con mayor poder más adelante,
lo que a la lengua y a la vista excede,
y postra la memoria vacilante.
Como al que ve entre sueños, le sucede,
que en pos del sueño, la impresión pasada
queda en la mente, sin que más le quede.

La divina comedia, Dante Alighieri

IRUELA

Tuve que cumplir once años para descubrir que era una suerte que mi otro padre preferido se apellidara Iruela. Para entonces, ya había recuperado los recuerdos de mi querido padre Kuzmin (891-942), y ahora mi actual apellido Iruela permitía una más que sugerente combinación: Ki.

Digo que fue una suerte, porque el apellido de este segundo padre favorito podría haber sido Sánchez, Tejeda o Ferreyra, y usar las iniciales haría de mi nuevo apellido uno impronunciable: Eva Ks, Eva Kt, Eva Kf.

Es verdad que tuve que soportar durante buena parte de mi infancia que me llamaran Ciruela, y es verdad que me molestaba. «Ciru», me dijeron durante muchos años. Pero cuando se empezaron a desbloquear los recuerdos de mi vida con mi padre Kuzmin entendí que, al fin y al cabo, no era tan terrible: en las sucesivas vidas yo podría, secretamente, optar por llamarme Ki.

Mi nombre aquí era Josefina Iruela. Hija de Leonor Ferrara y José Iruela. De mi madre no tengo mucho para decir. No fue su culpa que no lográramos conectar. Esa siempre fue una dificultad mía. Nunca me fue fácil vincularme con otras mujeres, ya se trate de mis madres, mis hermanas e incluso mis hijas. Sí, claro: tuve hermanas y hermanos, tuve hijas también. E hijos. Pero me guardaré para mí los capítulos pertenecientes a esas vidas. Que no hay forma de que no me quiebre cada vez que me pongo a recordarlos. Con setenta y tres, conviene evitarse ciertas nostalgias; no se puede con tanta amargura.

Por eso destaco los ciclos que viví con Elisabeth y con Maribel, porque fueron excepcionales en toda regla. Si me fuera posible conformar una vida perfecta a partir de elementos de cada una de mis muchas vidas, y esa es una fantasía que me acompaña siempre, sin dudas en ella estarían los cuatro: mi querida Elisabeth, mi madre Maribel, mi padre Kuzmin y mi padre Iruela. También «el rey niño», pero solo si Elisabeth me lo permitiese.

En esta ocasión, fue mi querido padre, don José Iruela (por aquel entonces, se usaba el «don» como señal de respeto), quien me inculcó el amor por los libros. Era él quien se pasaba los domingos leyendo, sentado en su alto sillón de terciopelo verde, de cara al ventanal en el que era imposible no dejarse maravillar por las ramas danzantes de los robles, un cigarrillo consumiéndose en el cenicero de vidrio, el humo impregnando de polvo y cenizas los muchos libros de su vasta biblioteca.

Yo me sentaba en un rincón o me recostaba sobre la alfombra y ahí me quedaba, con mi ejemplar de *Alicia en el país de las Maravillas*, de *Mujercitas* o de *Las aventuras de Tom Sawyer*. Mi madre nunca venía. No exagero: jamás la vi entrar al estudio de mi padre.

Una vez me pasó algo muy curioso, que deduje que tenía que ver con que estaba frente a un libro que ya había leído, a la misma edad, en algún ciclo anterior. Se trataba de *La joven sin tiempo*, de Albert Dwayne. Leía una palabra y era como si la leyera dos veces, porque simultáneamente me atrapaba el recuerdo de su lectura, y entonces tenía sensaciones que de otra forma nunca tuve, como si se tratase de un *déjà vu* incesante y frenético, y entonces podía leer las palabras solo una vez y se imprimían dos veces en mi retina y en mi mente, o podía cerrar los ojos frente a la página, y mi memoria se encargaba de crear y recrear sus propias imágenes. Toda una experiencia.

Si me viera obligada a describir esa sensación, diría que se parece (aunque no) a oír una voz y su eco. Como si, al cerrar los ojos, quedara a mi alrededor solo el eco de esa voz, murmurándome lo que ocurría en el libro. Sé que suena cursi, pero no puedo explicarlo de otra manera. Al fin y al cabo, no seré yo la primera en decir que leer libros antiguos es escuchar con los ojos a los muertos.

Retirado en la paz de estos desiertos,
con pocos, pero doctos libros juntos,
vivo en conversación con los difuntos,
y escucho con mis ojos a los muertos.

Desde entonces, no ha vuelto a pasarme. En todas mis vidas he sido amante de la literatura, una loca de los libros. Desde aquella vez, mi acercamiento a la lectura cambió: leo por placer, sí, por el gozo estético frente a una frase perfecta, por el placer de conocer, poco a poco, un personaje entrañable o aborrecible; pero también leo con la intención de volver a experimentar aquello, aunque sea una sola vez. Entiendo que es muy poco probable que vuelva a ocurrirme, pero se vive de pequeñas ilusiones como esa.

¿Cómo no hacer de don José Iruela uno de mis padres favoritos, si además de padre era mi amigo y mi cómplice? Muchas veces me hacía gestos durante el almuerzo, sin que mi madre se diera cuenta, entonces inventábamos una excusa para evitar la sobremesa y tener que lavar los platos. Salíamos corriendo directo al estudio de mi padre, donde él se encendía un cigarrillo y yo me acostaba sobre la alfombra y enseguida me ponía a leer desde donde lo había dejado el día anterior.

Era a él a quien le preguntaba el significado de algunas palabras, era él quien me sugería qué libro leer tras haberme devorado *Estudio en escarlata,* era él quien me prohibía leer los libros del estante superior:

—Prométeme que nunca vas a tocar esos libros —me decía cada vez que me veía mirándolos con ojos que imagino como faroles. Y yo obedecía:

—Lo prometo.

Se trataba de cinco libros cuyo único signo distintivo eran brillantes números romanos grabados sobre los lomos. De no haber sido por su insistente advertencia, jamás me habría interesado en ese estante. Ahora, en cambio, no podía dejar de pensar en ellos: ¿qué ocultarían en sus páginas para que fueran libros prohibidos? ¿Qué asuntos tratarían para que mi padre los pusiera en el estante más alto de su ya alta biblioteca? ¿Por qué me los prohibía?

Satisfecho, mi padre le daba una larga calada a su cigarrillo y, sin despegar la mirada de su libro, asentía con la cabeza.

En vista de que los libros prohibidos seguían siendo prohibidos, no me quedaba más remedio que pedirle consejo.

—No sé qué leer ahora.

—¿Qué has leído? —me preguntaba nada más que para iniciar la charla. Porque él sabía qué estaba leyendo, claro que lo sabía. Su pregunta era una manera de poner el juego en marcha. Yo le decía uno de Sherlock Holmes, por ejemplo:

—*Estudio en escarlata.*

Y así empezaba el ida y vuelta, con él indagando acerca de la trama, que fingía no recordar, y yo intentando hallar respuestas más o menos inteligentes. Me preguntaba qué me había parecido, si volvería a leerlo, que por qué me había tardado tanto en acabarlo si creía que era una historia interesante. Don José Iruela me hacía pensar.

—Porque tenía muchas palabras difíciles —podía decirle una vez. A lo que me respondía:

—Muy bien, peque. —A veces me decía «peque»—. Muy bien...

Y se encendía otro cigarrillo y parecía dormirse con los ojos abiertos. Al cabo de un rato decía:

—Hay libros difíciles y hay libros prohibidos. Prométeme que nunca tocarás esos libros.

Y yo se lo prometía otra vez.

Por supuesto que no cumplí mi promesa.

Una tarde en la que mis padres dormían la siesta, entré en el estudio. En silencio, ni respiraba. Caminé descalza por el parqué, evitando los listones que sabía que me delatarían. Una vez en la seguridad de la alfombra, desplacé el pesado sillón de terciopelo hasta dejar el respaldo a unos centímetros de la biblioteca. Me subí en uno de los brazos del sillón, luego en el otro, y tuve que ponerme de puntillas para alcanzar uno de los libros prohibidos, el que ponía en su lomo el número IV.

Lo bajé con mucha precaución: era pesado y casi me hizo estornudar de tanto polvo que tenía. Lo dejé en la alfombra y volví a subirme al sillón. Acomodé el resto de los libros prohibidos, dejando un pequeño espacio entre uno y otro, para que no se notara el volumen faltante. Me bajé, puse el sillón en su lugar, revisé que no quedara ningún rastro de mi incursión y salí del estudio con la felicidad de haber logrado algo que anhelaba hacer desde hacía meses y con la certeza de que, tarde o temprano, mi padre lo notaría.

Ya en mi habitación, me llevé la primera de las sorpresas: en ningún lado figuraban ni el autor ni el título del libro. Tenía dos páginas en blanco al principio y dos páginas en blanco al final. Con solo hojearlo advertí que, además de texto, el volumen contenía ilustraciones, croquis y lo que, a simple vista, me pareció un mapa. Seguí hojeando y llegué a la conclusión (errada) de que se trataba de una recopilación de relatos, la mayoría narrados en primera persona.

UNA Y OTRA VEZ

Una vez, mi padre Iruela discutió con mi madre, que creo haber mencionado que se llamaba Leonor. Leonor y yo teníamos la relación que pueden tener un abogado y un juez, un escritor y un editor, un cabo y su general. No me refiero a que la educación que ella me daba fuera estricta, abusiva o arbitraria, aunque un poco sí. Era más bien distante, por parte de ambas. Como si todo el tiempo tuviéramos que esforzarnos por recordar que éramos madre e hija. Peleábamos internamente para querernos: *teníamos* que querernos.

Por eso, una vez discutió con mi padre, su esposo: por mí. O quizá discutieron por otra cosa, y yo les serví de excusa para que se soltaran todo lo que tenían atragantado. Yo insistía con que quería ir al zoo. En realidad, quería volver. Hacía un año mi padre Iruela me había llevado por primera vez al zoo, por entonces conocido como La Casa de Fieras, y por falta de tiempo no habíamos podido completar el recorrido. La verdad era que no me había fascinado, aunque la visita a la jirafa había estado muy bien, y el elefante estaba feliz y contento con que le tirásemos comida. Lo que me había encantado era el hecho de que saliéramos juntos mi padre y yo, los dos solos.

Mi madre Leonor no había querido ir. Ni esa vez, ni nunca. Y como yo insistía en volver, ahora se había desatado una discusión tremenda, porque resulta que yo hacía de todo para separarlos (según mi madre), porque nunca se ha visto a una madre celosa de su propia hija (según mi padre), porque yo me hacía la adulta cuando me convenía y cuando no, no (otra vez mi madre), etcétera.

Todo esto es importante solamente porque fue esa vez cuando empezamos con mi padre Iruela el ritual de ir, al menos una vez al año, a La Casa de Fieras de Madrid. Es un recuerdo que no tiene importancia, apenas un fragmento ínfimo de una vida que tuvo momentos mucho más significativos, pero creo que servirá para entender la relación que tenía con uno de mis padres favoritos. Para que tú, lector, no vayas a creer, además, que la relevancia de ese ciclo estuvo totalmente ligada al contenido de los libros prohibidos.

Después de esa pelea, que duró como dos horas y que terminó con nosotros dos solos viajando en tren al zoo, se fortaleció el vínculo con mi padre, a la vez que se cortó de forma definitiva el débil lazo que me ataba a mi madre Leonor Ferrara.

Si le he dedicado unas cuantas líneas a ese incidente no es porque le guarde rencor a mi madre, todo lo contrario: creo que le debo una disculpa, porque no me esforcé en que ella fuera, sino la favorita, una madre a la que pudiera querer. Y lo escribo también porque, quince siglos atrás, había soñado la escena completa, desde la discusión hasta que mi padre Iruela y yo nos subimos al tren.

Una vez, Elisabeth le dijo a Thomas Matheson:

—Si no dejas de molestar, echaré una maldición sobre tu ganado.

A lo que Thomas respondió:

—Si llego a perder tan solo una cabeza de ganado, será tu culpa. Crea o no en la brujería.

No estoy segura, tal vez ya lo he dicho. Elisabeth y yo nos ganábamos la vida copiando volantes, la mayoría de la iglesia puritana (a la que pertenecíamos, quisiéramos o no), aunque también escribíamos a mano folletos de acuerdos comerciales y de cualquier otro tipo, con tal de llevar comida a nuestras mesas.

Por aquel entonces nos había tocado transcribir el panfleto de un tal reverendo O'Connell, que era un ensayo acerca de la brujería, y hacía unas semanas todo el material «humorístico» de Elisabeth provenía de esa lectura. Aunque muchos leyeron ese texto con total seriedad, Elisabeth se mofaba cada vez que podía de los pobres crédulos como Thomas Matheson.

De haber sabido que apenas un año después ocurriría lo que ocurrió en Salem, dudo que Elisabeth hubiera hecho ese tipo de bromas. Era audaz, pero no estaba loca. Yo tampoco. De modo que no me hubiera reído al ver la cara de Thomas Matheson, que en realidad no pretendía molestar, lo único que quería era que yo lo aceptase como esposo.

—Si algún día te casas, Margarita —murmuró Elisabeth cuando Thomas Matheson ya se subía a su carro—, juro que moriré de pena.

Puso los ojos en blanco, se sopló el flequillo y empezó a mover el mentón de un lado al otro, como siempre que buscaba que la consolase.

—Si algún día me caso, será contigo.

Yo cargaba la cesta con maíz y judías que acabábamos de comprarle a Thomas Matheson, la llevaba a casa de Elisabeth para luego repartirnos las raciones. Ella entró primero, con algunos troncos y un ramo de flores silvestres con los que acostumbraba decorar su habitación. Antes de que yo terminara de pasar, me dio un portazo que por poco me derriba.

—Sería más fácil que te casaras con esa puerta.

Dejé la cesta en el piso con la intención de escarmentarla. La perseguí alrededor de la mesa, mientras ella, sin ningún éxito, hacía un esfuerzo enorme por parecer enfadada.

—Si no te casas conmigo —dije de un lado de la mesa, mientras recuperaba el aire—, echaré una maldición sobre tu ganado.

Elisabeth no pudo contener la risa. Bajó los hombros, sorteó la mesa y caminó hacia mí con la carcajada llenándole la boca. Me acomodó el cabello detrás de las orejas y me dijo que yo era la bruja más hermosa de las Trece Colonias. Terminó de decirlo, y me atacó un recuerdo de mi vida en Persia. La vez que había soñado, precisamente, esto mismo que acababa de vivir.

Así es: además de recuerdos que puedo evocar ahora, estos acontecimientos fueron, en diferentes momentos de mi ciclo en Persia, un sueño premonitorio. Una vez el rey niño se había dormido mientras yo le contaba uno de los viajes de Sindibad el Faquín. Y yo, exhausta también, me había entregado al sueño hecha un ovillo a los pies del lecho. Al aparecer la aurora me había despertado de un sueño por demás extraño, donde yo viajaba junto a un hombre al que reconocía como mi progenitor, en el interior de una bestia muy ruidosa y gigante, muy cómoda también, que se movía a la velocidad del rayo. Se trataba de un tren, se trataba de mi padre Iruela.

Eso había sido durante la noche ciento ochenta y seis. La noche cuatrocientas siete, después de contarle a mi rey la breve historia de dos poetas, ya en mis aposentos, soñé con una mujer hermosa que se escapaba de mí y que, al cabo de un rato, me abrazaba y me decía cosas muy bellas.

Se trataba de Elisabeth, claro.

Mis recuerdos y mis sueños se entretejen de formas complejas, inimaginables. Sin embargo, hay un sueño recurrente al que jamás he podido encontrarle una explicación: lo bauticé «El sueño de las estrellas tambaleantes», y llevo páginas y páginas prometiendo contarlo y ya va siendo hora de que cumpla.

El sueño de las estrellas tambaleantes

La primera vez que tuve «El sueño de las estrellas tamba-leantes» fue en Persia, cuando mi padre todavía no me había ofrecido como concubina del rey Sahriyar, aunque puede que lo haya soñado antes también: ya he dicho que mi memoria es incapaz de evocar acontecimientos anteriores a esa época, así que quién sabe.

He mencionado que aún no he podido darle sentido a ese sueño. En estas páginas voy a hacer mi mayor esfuerzo por describirlo detalladamente, aunque, como todo sueño, se trata más de una suma de emociones que de una historia perfectamente estructurada.

En fin, espero resolver el enigma en esta vida, que no hay nada más tedioso que dejar asuntos pendientes. Puede que no sea relevante, pero tengo que intentarlo. Al menos una última vez.

Lo soñé en muchas oportunidades, ya no sé si una decena o un centenar de veces, y a esas habrá que sumarle las ocasiones en que recordé haberlo soñado. ¡Es demencial y ridículo! Lo que es mucho y lo que es poco se me confunde cuando comienzo a cargar con tantas memorias.

Hubo vidas en las que procuré ignorarlo, hubo otras en las que me empeciné en buscarle un significado. Ahora, me haría bien comprender de qué se trata. ¿Es importante? Tal vez no, tal vez sí.

A veces imagino mi vida (mis vidas) como un enorme lienzo en el que yo misma he pintado los demasiados sucesos que me tocaron vivir. Un Manet o un Rembrandt, aunque me gusta imaginarlo como una gran obra de Caravaggio. Así de tenebrosa y magnífica. Salvo que al observar detalladamente descubro que se quedó sin pintar la uña de uno de los personajes, o la pupila, o el pétalo de una flor. Así de terrible me siento al no ser capaz de comprender «El sueño de las estrellas tambaleantes». Así de importante es para mí desentrañarlo, quitarlo de mi lista de pendientes.

El sueño comienza con una luz tenue, casi rosada, abro los ojos y creo despertar, pero acabo de empezar a soñarlo. Ahora una luz me lastima los ojos, se trata de un resplandor al que me enfrento abruptamente, sin solución de continuidad: primero la tenue luz rosa, luego siento que la luz me encandila.

Oigo voces alrededor, al principio son suaves, calmadas, pero enseguida se transforman en voces nerviosas, en gritos. No entiendo lo que dicen. Nunca lo he hecho. Quisiera huir, volver a ubicarme al otro lado de ese velo donde todo era apenas una leve claridad de color rosa. Pero no puedo hacer nada: no puedo taparme los oídos, no puedo cerrar los ojos, tampoco pedir ayuda o exigir que hagan silencio y me dejen tranquila.

Y entonces, las estrellas tambaleantes.

Sigo oyendo gritos, y el cielo parece querer vibrar, y ahí es cuando veo que las luces empiezan a moverse, poco a poco, los ojos me arden y no puedo cerrarlos, y veo cómo las lámparas giran colgadas del techo, todas sincronizadas, como si su movimiento estuviera ligado a una fuerza superior, inevitable.

Lo llamo «El sueño de las estrellas tambaleantes» porque así lo bauticé la primera vez, en Persia, cuando no sabía que se trataba de luces, cuando creía que era el cielo el que vibraba y no el techo, cuando no me era posible concebir que fueran lámparas y no estrellas las que tambaleaban sobre mi cabeza.

Se acaba ahí. Cada vez que lo sueño, me despierto con palpitaciones. No sé qué significa. La última vez que lo soñé fue hace algunos años, creo. No pude conectarlo con ningún suceso posterior. Lo escribo ahora y me parece absurdo detenerme en un hecho tan insignificante, apenas un punto en una interminable línea de tiempo.

Así y todo quiero saber. *Necesito* saber. ¿Qué premonición no he sido capaz de traducir? ¿Qué misterio guarda «El sueño de las estrellas tambaleantes»?

UN ERROR RECURRENTE

Durante buena parte de mis vidas, por no decir en todas, repetí el siguiente error: llegaba a la edad de cuatro o cinco años y, tras recibir las primeras memorias de diversos ciclos pasados, memorias que todavía no entendía, por supuesto, iba corriendo a contárselo a mis padres. No terminaba de decirlo, de contar que me acordaba de otros padres, otras casas y otros paisajes, un viaje en barco o una aldea en medio de la selva, por ejemplo, y mis padres se reían y me seguían la corriente porque no hay nada más gracioso que una criatura dejando volar su imaginación.

Pero bastaba que diera algún detalle, un nombre exótico o una palabra en un idioma extraño, para que el ánimo de mis padres cambiara de forma abrupta. Comenzaba a desaparecer el rastro de su sonrisa y enseguida se empeñaban en convencerme de que eso que estaba diciendo no era posible, que «vaya que tienes imaginación, pero no quiero que vuelvas a mencionar el asunto», que «sabes que está muy mal mentir, sobre todo a tus propios padres», «me asustas», «te callas ahora mismo».

Y durante un tiempo, yo insistía. Creía que aportando información precisa de esas otras vidas, el nombre de una misión jesuítica, el de una ciudad remota, la mención de una prenda de vestir o de un plato perteneciente a otra época, los adultos terminarían creyéndome. Decía, por ejemplo, Athelstan. O Etiopía. O decía «kanafeh» o «mulujíes», y era un lío.

En la mayoría de los casos, comienzo a abandonar esa actitud alrededor de los siete años, que es la edad en la que descubro que no es normal tener esta memoria que tengo yo. Que se trata de una circunstancia insólita, que por eso los demás no son capaces de comprenderla, mucho menos de aceptarla.

Entonces, a los siete años (porque recuerdo que en una ocasión salió bien y así es cómo se soluciona todo el asunto), les digo a mis padres que todo era falso, que eran mentiras que se me ocurrían para entretenerlos o para entretenerme a mí, que lo saqué de la televisión, de algún radioteatro o de algún amigo, según la época, y todas las veces el resultado era un gesto de alivio y, durante un momento, me hacían sentir normal. Y eso estaba bien.

No pude nunca hacer que mis padres me creyeran. Ni siquiera con mi padre Iruela, que fue de todos el de mente más abierta. Creo que empezó a incentivarme a la lectura precisamente porque dedujo que yo era propensa a inventar historias. Que yo recuerde, a mi madre Maribel no se lo dije. O se lo dije y no le dio demasiada importancia: teníamos la costumbre de inventar juegos tan singulares que la circunstancia de mis memorias anteriores bien podría haber pasado por uno de ellos.

Después, hubo ciclos en los que confesé mi condición a algún amigo, a mi amor de la adolescencia. Nunca funcionó. La mayoría de las veces comenzaron a preocuparse, a preguntarse qué bicho me habría picado, hasta puede que se hayan planteado una inminente visita al doctor, a ver si me quitaba.

Es así: hay secretos que conviene guardarlos. Por eso escribo todo esto justo ahora. Porque a mis setenta y tres, poco me importa que me creas. A diferencia de mis novelas, en las que mi mayor preocupación es conseguir que lo que escribo resulte verosímil, en esta ocasión eso no tiene importancia. Sé que no lo creerás, que asumirás que todo esto forma parte de la ficción, que Eva Ki es escritora y vive de relatar historias.

Está muy bien. No voy a intentar convencerte de nada. Esto que escribo no es para ti. Si después de tanto tiempo, después de tantas vidas, he resuelto desvelar el mayor de mis secretos (que no lo es en realidad, pero conviene decir que sí), no lo hago para alcanzar la paz de espíritu, sino para reivindicar a aquella niña, a aquel niño que fui y que decía la verdad y al que, a cambio, los adultos le respondían con desconfianza, con sermones, o con indiferencia en el peor de los casos.

Si hay alguien que se merece una mínima reivindicación, esas son las tantas Eva Ki que he sido, esas pequeñas personas que no entendían que los niños y los adultos hablan diferentes idiomas, que más tarde o más temprano, una niña acabará entendiendo a los adultos, pero que jamás sucederá que un adulto sea capaz de interpretar a un niño: sus miedos, sus anhelos, sus infinitas historias. No hago esto por mí, sino por las muchas Eva Ki que debieron ponerse una máscara para encajar, para que los adultos las trataran como a una persona normal.

465-498 Persia

En mi noche, tan breve, ¡ay!
El viento está a punto de encontrar las hojas.
Mi noche tan breve está llena de devastadora angustia.
¡Escucha! ¿Oyes los susurros de las sombras?

«El viento nos llevará», Forough Farrokhzad

ANTES Y DESPUÉS

¿Podemos identificar el momento exacto en que nos enamoramos? ¿Alguna vez has podido? Me refiero al instante preciso en que esa persona dejó de ser alguien más para convertirse en *la* persona. Parecerá cursi, pero esta pregunta tiene un sentido. Y como quiero responderla y nadie me lo ha preguntado nunca, tengo aquí la excusa perfecta.

Dicen que los años no vienen solos. Habrá quienes crean que, por el hecho de haber vivido tantas vidas, tengo las respuestas a todas las preguntas. Nada más lejos. Diría que tengo todas las preguntas, y punto. Las mismas que se hace todo el mundo. Tal vez más incluso. Pero hay una que se me antoja responder. Que si la he formulado es por algo: al fin y al cabo me dedico a contar historias.

¿Podemos identificar el momento exacto en que nos enamoramos?

Diré que únicamente en una ocasión fui capaz de advertirlo. Y no se trató de un amor a primera vista, fantasía que solemos inventarnos para facilitar las cosas, sino todo lo contrario. Me refiero a mi vida en Persia, el ciclo en que me enamoré de Sahriyar, el rey niño. Recuerdo el momento exacto en que dejé de ver en él aquel rey inseguro y despiadado y descubrí que se trataba nada más que de un hombre. Uno que me escuchaba, a quien podía cautivar con mi voz y mi imaginación.

Recuerdo esa noche como si hubiera transcurrido a cámara lenta, fotograma por fotograma, como si yo tuviera ya no mi particular memoria, que ya es mucho decir, sino una todavía más sensitiva y poderosa (y agobiante), como la del memorioso Ireneo Funes, si tal cosa fuera posible.

Fue la vigésimo séptima noche.

La primera semana lo despreciaba y le temía en cantidades iguales. Con el transcurrir de los días, empecé a sentir que tal vez no había razones para temerle. Poco a poco, el miedo se convirtió en algo parecido al respeto, a la cortesía. Continué contándole historias ya no con la necesidad de que no me lastimase, sino porque había descubierto que esas historias me justificaban, que eran tanto para él como para mí. Ese proceso fue paulatino, gradual.

Sin embargo, la noche veintisiete me enamoré del rey niño rotundamente. Lo confirmé muchos días después, cuando me llamó «Dulce Sherezade» por primera vez, y sentí que esas dos palabras brotaban suaves y firmes de su boca, como un velo de seda que, irremediable, comienza a resbalar y a caer. Pero fue en la noche veintisiete cuando percibí cada una de las variaciones de mi cuerpo y de mi conducta. Un antes y un después.

Comenzaba a relatarle la historia del comerciante que carecía de pulgares cuando, de repente, olvidé cómo seguir. Fue la única vez que me ocurrió, y no había una explicación dado que me conocía el relato de principio a fin, pero por alguna razón se me quedó la mente en blanco y no pude continuar.

Así que empecé a darle vueltas al relato, repitiendo una y otra vez el inicio: a ver si así daba con las palabras que me posibilitaran avanzar. Hasta que empezaron a salir de mi boca quién sabe cuántas tonterías:

—Me he enterado, ¡oh rey feliz!, de que había un comerciante al que le faltaban los cuatro pulgares... este hombre era un comerciante... de eso me he enterado, mi rey, no tenía... pulgares... ni en las manos ni en los pies el hombre... el comerciante... le faltaban cuatro de sus pulgares...

Creo que, en lugar de esos ridículos rodeos, hubiera sido preferible permanecer callada y asumir que no recordaba el relato. Me había visto tan tonta que, de no haber sido porque esa noche descubrí que amaba al rey Sahriyar, el recuerdo habría quedado bien sepultado en el oscuro abismo del olvido y la vergüenza.

Fue al cabo de unos segundos de irrisorias divagaciones cuando lo supe. Cuando el rey se puso de pie y, con el gesto severo, dijo:

—Más interesante sería si le faltaran seis de sus ocho pulgares, ¿no crees?

Quedé pasmada. Tardé siglos en reaccionar. El gesto del rey no me permitía detectar si se trataba de una broma o si en realidad subyacía algún tipo de recriminación. Opté por creer lo primero, que el rey se estaba burlando de mi impericia.

—Eso hubiera sido terrible —alcancé a decir con un hilo de voz.

Y no fue hasta que lanzó una carcajada que me permití soltarme, aunque en lugar de reír comencé a llorar, creo que por los nervios. Y enseguida una risa y un hipo y las lágrimas que no paraban; me imaginaba al hombre que tenía solo dos pulgares porque le faltaban seis, y esa imagen absurda me hacía reír todavía más. Le inventaba pulgares en cualquier parte al pobre hombre, y no podía parar de reír porque, encima, la risa del rey Sahriyar era contagiosa, como la de un niño y, la verdad, no ayudaba... la risa del rey niño no ayudaba.

Y ocurrió.

Las risas empezaron a apagarse. Despacio. No hay apuros cuando sucede. Así como no hay lugar para las cursilerías, tampoco lo hay para las urgencias. Se trata de un momento trascendental. Entonces, todo se ralentiza y conviene aprovechar y capturar con los cinco sentidos esto que está ocurriendo, que no suele repetirse. Así que, si vas a ser capaz de percibir todo lo que va a ocurrir, será mejor que lo aproveches.

Eso fue lo que hice. Por eso lo recuerdo tan nítidamente. Yo tenía diecinueve años, y cada vez que alcanzo esa edad y me asalta esa memoria, me dejo llevar porque el recuerdo me genera tal sensación de sosiego que no puedo hacer otra cosa, es casi como estar en trance, como si una especie de música que no entiendo me incitara a bailar una danza lenta y antiquísima. Como despertarse con un beso en los párpados.

El rey Sahriyar deja de reírse y es el momento. Cierra la boca. Y me mira, pero enseguida deja de hacerlo. Percibo en sus comisuras que parece querer decir algo y que no lo consigue, o que se contiene para no hablar. Mira hacia un lado, los ojos en fuga. Pero vuelve a mirarme enseguida. Yo bajo la cabeza. Quisiera no contrariarlo. Después él intenta rellenar este silencio incómodo, pero ahora ninguno dice nada. No hace falta. En medio de este silencio advierto que mi corazón comienza a latir un poco más rápido. No mucho, pero percibo un pequeño salto en la velocidad, como si precisara bombear la sangre más deprisa. No es un decir, no estoy idealizando el momento. De verdad percibo que mi corazón se acelera. Lo siento en el pecho. Y en la barriga.

Él se llena los pulmones y a mí me pasa igual, como si de repente faltara el aire, aunque tal vez tenga que ver con que un corazón urgente requiere más oxígeno, no lo sé. Ya no pienso en el comerciante al que le faltan cuatro de sus pulgares, pienso en las manos de mi rey, en las yemas de sus dedos, que ahora se rozan y creo notar que un poco tiemblan, y cuando me percato de esto me doy cuenta de que me sudan las manos, las palmas y los dedos, y las noto frías, y en lo único que pienso es en que quisiera que el rey volviera a reírse, que esa música tal vez sea su tierna y torpe risa de niño. Que es absurdo todo esto porque hasta hace unos días le temía y ahora empiezo a temerle a un mundo sin él, sin su existencia, sin sus noches que son mías y son nuestras. Vuelve a mirarme y ahora no me quedan dudas. ¡Oh, Alá, por qué me haces esto! ¡Eres grande, Alá!

Ya se acaba. Lo sé porque estas cosas están condenadas a terminarse pronto, los instantes eternos son fugaces. Tardo más en narrarlo que lo que se demoró en ocurrir. Sé que enseguida mi rey dirá algo para sobrellevar este momento y lograremos superarlo. Finalmente, conseguiré contarle la historia que ya no importa. Después me preguntaré si realmente lo amo como siento que lo amo, porque la razón está para eso, para hacerse preguntas absurdas. Y dudaré y me convenceré de lo contrario. Hasta que una noche, que será la noche cincuenta y tres, él me dirá «Dulce Sherezade» y confirmaré lo que esta noche mi cuerpo y mi alma supo: el instante preciso en que lo amé.

La noche veintisiete fue.

No antes. No después.

INFORME PSICOLÓGICO
Doctora Uma Noemí Faltsua

Cuarta aproximación

31 de marzo. Recorte de entrevista. Transcripción del minuto 09:21 al minuto 10:55.

—Lo bueno de ser escritora es que una puede vivir muchas vidas. Tiene cosas malas, desde luego, como cualquier oficio, pero la posibilidad de poseer múltiples experiencias en múltiples lugares y épocas es única.

—¿Y cuáles son los aspectos negativos de ser escritora?

—Están los internos y los externos. Los externos son aquellos a los que debe enfrentarse todo escritor. Esa sensación de nunca estar a la altura, de no ser lo suficientemente buena. La imposibilidad de convertir las ideas en palabras. Es frustrante. Siempre hay algo que se pierde en el camino, ¿sabe? Nunca escribimos lo que queremos escribir, desde luego. Y poquísimas veces *sabemos* lo que queremos escribir.

—Esos son los externos...

—Sí. Los aspectos internos son más peligrosos. Porque una inventa una historia, y entra en juego la imaginación. Eso está muy bien, desde niños imaginamos historias. Todos, hasta el más testarudo. Pero el escritor no solo debe imaginarlas. Debe sumergirse en esas ideas, embarrarse en ellas hasta el punto de creérselas. Es necesario hundirse, cubrirse de barro y ahogarse en él incluso. Solo así una puede aspirar a convertir una historia en algo vivo, en algo real.

—Y eso es negativo.

—Sí. Porque los personajes sufren, y una sufre con ellos como si lo que una acaba de inventar fuera verdad, como si realmente hubiera ocurrido. Se

muere un personaje y una lo llora de verdad; el corazón de nuestra protagonista se rompe y junto con el de ella también se rompe el nuestro. Ser
escritora es formar parte de la vida de los demás, pero de forma transitoria,
como si estuviéramos de visita. Después, siempre llega el luto, la pérdida:
la publicación del texto o su destino de cenizas, según sea el caso, y ahora
habrá que empezar de nuevo, concebir una nueva historia en la que volve-
remos a ser transitorios, efímeros.

—Estoy confundida. Creía que esa experiencia formaba parte de lo
positivo de ser escritora.

—Es cierto. Creo que los conceptos del bien y del mal suelen caminar
juntos. Como pasa siempre. En fin… una puede vivir mil vidas, y eso es
excepcional. Pero también morirá mil veces, y hay que ser fuerte para
sobrellevarlo. Del barro hemos venido y al barro vamos.

—Usted parece fuerte, señora Ki.

—Yo he muerto tantas veces que ya le he tomado el gustito.

Después de este intercambio, la señora Ki se ofreció a leer un fragmento
de su actual texto. Aún sigue sin saber si se trata de una novela o de sus
memorias. Entiendo que durante el proceso de creación necesita conven-
cerse de que lo que escribe es real, aunque se lo acabe de inventar. Si al
cerrar el cuaderno, no advierte que todo aquello proviene de su imaginación de escritora y no de su memoria, puede ser un problema.

De momento, son solo especulaciones. No presenta síntomas de
deterioro en sus capacidades cognitivas. Si algunas de sus respuestas son
de difícil interpretación, se debe a que intenta desorientarme. Al pregun-
tarle cómo de fuerte se sentía, su respuesta fue indeterminada: «Como
la tela de una araña».

Posibles interpretaciones

Si bien una telaraña puede considerarse resistente o frágil, según cómo
se la mire, y entiendo que su respuesta era provocar esa incertidumbre,
deduzco que la señora Ki se siente fuerte, resistente. No respondió «como

una telaraña», sino «como la tela de una araña», al igual que la letra de la canción infantil: «Un elefante se balanceaba sobre *la tela de una araña*». Interpreto que se siente tan fuerte como para seguir resistiendo el peso de más y más elefantes.

Tal vez haya querido sugerir que está harta.

(Sin datos) Isla Velhice

Mi Hoy difiere tanto de cada uno de mis Ayer, mis ascensiones y mis caídas, que a veces me da la impresión de no haber vivido una sola sino varias existencias, y todas ellas, del todo diferentes.

El mundo de ayer, Stefan Zweig

PATRIA ENTRE LAS PATRIAS

S i antes de esta vida estuve en Isla Velhice, lo he olvidado. No me resulta nada sencillo aceptar que hay recuerdos que se me escapan, sobre todo cuando una lleva páginas jactándose de su memoria extraordinaria, única; pero es la pura verdad: no me acuerdo de mi vida anterior en la isla.

Lo que conservo es, en realidad, el recuerdo de un recuerdo, la memoria de una vida en la que llevaba un diario y anotaba todo cuanto me sucedía en esa y en vidas anteriores. Sin embargo, no estoy segura, no sé si son ciertas las cosas que anoté luego de mi paso por aquí, o si se trata en realidad de ese impulso que me empuja a escribir mentiras como si fueran verdades, y viceversa.

Durante esta vida me instalé en Isla Velhice, eso es cierto. Hace casi cincuenta años. Sin dudarlo me mudé aquí, como si lo hubiera tenido planeado toda la vida o como si estuviera volviendo a mi casa de siempre, a mi hogar. No había transcurrido ni una hora del desembarco y yo caminaba por sus grises calles de empedrado, y ya empezaba a sentir que había algo que nos conectaba, una energía o una fuerza (un recuerdo tal vez), que me unía con esta tierra; con el aire húmedo, a punto de chispear en cada respiro; con las terrazas, que parecían torcidas por tanta lluvia; con el estrépito del mar tropezando contra las rocas. Atronador, violento: musical.

Hace casi cincuenta años, deduje que era cierto lo que alguna vez había escrito: yo conocía Isla Velhice. Pero ahora que además de la memoria comienza a fallarme el discernimiento; ahora que no hago otra cosa más que pensar y recordar y escribir y seguir pensando; ahora no estoy segura de haberla conocido.

Sé que no voy a encontrar ninguna respuesta, por supuesto: ha quedado atrás la época en que me creía capaz de comprenderlo todo. Ahora, no es momento de soluciones, sino de compilaciones. Eso hago: compilar, catalogar, listar, inventariar. *Registrar*. Eso: estos cuadernos que voy completando en «El recodo de los milagros», guardan registros de la que fui. Nada más. Es tan importante esto que escribo (y cuando digo «esto» me refiero a todas las páginas de todos estos cuadernos), como puede ser importante la lista de la compra. Es fundamental que no pierdas esa lista si no deseas tener que volver al mercado a por algún producto. Pero una vez que has salido con las bolsas llenas y emprendes el regreso a casa, esa lista ya no sirve para nada.

Bien. En tal caso, voy a volcar aquí aquello que ya escribí alguna vez. Volveré a registrar esa vida que no recuerdo, pero que quizá alguna vez recordé. Esa vida que transcurrió aquí, en Isla Velhice.

Lo que sigue es la fútil lista de la compra.

Era hombre. Eso escribí. Me llamaba Adriano. Adriano Orlando Dantès. Los nombres Adriano y Orlando sugieren una ascendencia latina, mientras que el apellido Dantès tiene un origen germano. Eso es todo lo que puedo decir acerca de mi supuesto nombre.

Sin embargo, recuerdo que esto que narro ahora, lo registré en un dialecto del inglés antiguo, lo que no significa que fuera británico durante mi visita a Isla Velhice, sino que lo era en el ciclo en que lo registré. Y así es: cuando decidí apuntarlo, vivía en lo que por entonces llamábamos «Northumbria» (832-878), ahora tierras británicas.

Llegué a Isla Velhice en un bote impulsado por cuatro remeros, que deduzco que eran subalternos o esclavos. El resto de la tripulación había echado anclas a a casi dos kilómetros de la isla.

Toqué tierra cuando empezaba a amanecer. Los remeros esperaron en el bote, preparados para volver a nuestra embarcación en caso de que debiéramos regresar a toda prisa. Tales eran sus instrucciones.

Recorrí la costa a pie durante al menos una hora. Después subí la ladera siguiendo lo que deduje que se trataba de un sendero y, al llegar a la cima, di con una pequeña aldea abandonada. En la actualidad, la isla no posee declive alguno: tan cierta es esa afirmación que Isla Velhice es reconocida porque desde la costa, y dejando atrás la luz naranja del alba, puede verse el centro de la ciudad, con su iglesia y su ayuntamiento, su plaza central y su campo hípico, su *Four Seasons*, su residencia geriátrica (desde donde escribo) y, más allá, y si uno ha decidido pasar aquí el día entero, y con un poco de suerte, puede verse también el sol crepuscular, hundiéndose sobre el techo de las últimas casas.

Han pasado doce siglos desde que escribí sobre mi supuesta visita a la isla, y quién sabe cuántos desde que la recorrí por primera vez, y entiendo que después de tanto tiempo una tierra sufre cambios drásticos que la hacen irreconocible. Pero, si la describo como es ahora, es nada más que para aprovechar la oportunidad: a fin de cuentas, Isla Velhice es mi patria entre todas las patrias, y se merece ocupar algunas páginas de estos cuadernos.

Si hay alguna razón por la que vale la pena describir este recuerdo del recuerdo, es porque sucedió aquí. Por eso y porque fue una de las vidas en las que fui hombre, y ya va siendo tiempo de que hable al respecto, que estaré vieja y con la cabeza un poco revuelta, pero nunca he esquivado el bulto, como decía Romelia, la amiga de mi madre Maribel.

Lo primero que diré es que ninguna de las vidas en las que me tocó ser hombre me enorgullece. Ninguna de ellas es digna de recordar. Si evoco mi supuesto período como Adriano Orlando Dantès es porque me sirve de excusa para rendirle homenaje a Isla Velhice.

No mentiría si afirmara que en ninguno de mis ciclos como hombre fui una persona digna. Y no pretendo con esta afirmación hacer un alegato en contra del género masculino, ¡válgame Dios!, que los he conocido ruines y perversos, así como honrados y compasivos, del mismo modo que me he relacionado con mujeres comprensivas, bondadosas y tiernas, pero también crueles, brutales, bárbaras. Yo misma he sido muchas de esas cosas, basta con mencionar mi ciclo con mi querida amiga Elisabeth, amada Elisa mía, para probarte que no siempre he sido buena gente. Basta con traerte a la memoria a mi madre Maribel o a mi padre Iruela para demostrarte que hay personas maravillosas.

Pero es verdad: todas las veces que nací hombre, algo pugnaba dentro de mí para hacer de mis días unos más difíciles. Y era ese obstáculo siempre presente (el recuerdo de mis vidas anteriores siendo mujer), el que me impedía ser completamente yo. No soy amiga de la psicología, pero pasé mucho tiempo analizando estas cuestiones.

Cada vez que me llega el recuerdo de mis vidas anteriores y me detengo a observar las memorias de aquellas en las que he nacido hombre, me encuentro con que el balance de mi comportamiento durante esos años da como resultado un insolente, un cretino, un inmoral. Y creo que se debe a que, bajo la forma de hombre, jamás me he sentido completo. No puedo hacerlo habiendo sido antes mujer, habiendo amado como lo he hecho, a hombres y a mujeres, eso no importa, lo que importa es la capacidad que tiene una para ofrecerse, y sé que en mi versión masculina nunca fue absoluta.

¿Cómo no desvariar, cómo no malograr una vida a sabiendas de que no habrá posibilidades de atravesarla con total plenitud? ¿Cómo entregarme al goce o al dolor sabiendo que se trata de un goce parcial y un dolor parcial, cómo no corromperme habiendo experimentado antes sensaciones físicas y espirituales que no son de ningún modo comparables? Lo mismo le ocurre a un ignorante que recuerda que alguna vez fue sabio. ¿Cómo no pervertirse?

Lamento decirlo, pero es cierto: si has nacido hombre, no sabes lo que te pierdes. Yo lo sé, y por eso me he pervertido tanto. Hay cosas que es mejor no saberlas. Pero Adriano Orlando Dantès lo sabía. Por eso su primera medida nada más terminar de recorrer la aldea fue prenderla fuego. No es justo que me desdoble y que te hable de mí en tercera persona. No: si el recuerdo es verdadero, fui yo quien la incendió, fui yo quien, al quemar las precarias casas de troncos y paja, sentía que ardían también la angustia y la desazón de saber que mi condena era la imperfección, el menoscabo del alma, el error.

Es verdad que también registré que sobre las cenizas de esa aldea construí la ciudad que luego se llamaría Isla Velhice. Es verdad que le di vida a una roca perdida en medio del Atlántico. Que fui el primero en tener descendencia en la isla. El primer niño nacido aquí tras la refundación llevó mi apellido. Eso también es verdad. Pero ya he dicho que no hablaré de mis hijos, mucho menos de aquellos que no recuerdo y tal vez ni existieron, así que mejor obviar ese asunto, que no pretendo hacer de todo este papeleo las memorias de una madre llena de culpa.

Culpa, sí, por nunca haber sabido ser un hombre honorable. Por no intentarlo siquiera. Por que cada vez que me pongo a pensar en esos escritos de mi época en Northumbria, le digo a mi memoria que conviene dudar, que lo más probable es que no sea cierto, que ya no me acuerdo de esa vida y que, si no me acuerdo, no ocurrió.

No ocurrió que al momento de incendiar la primera de las casas oí un gemido. No ocurrió que lo ignoré, no ocurrió que seguí esparciendo la llama de mi antorcha y de mi corazón en los techos hambrientos de fuego, aun cuando ya no había dudas de que una voz se quejaba y quizá tosía. No ocurrió que me invadiera el terror al ver que enseguida la casa en cuestión se desplomaba y en su interior algo se movía histéricamente, dolorosamente; no ocurrió que yo no atinara a mover un músculo; no ocurrió que no hiciera nada de nada porque ya había hecho suficiente. No ocurrió todo aquello.

Lo que sí ocurrió fue la certeza al llegar a Isla Velhice hace casi cincuenta años; la certeza de haber estado antes aquí, en esta hermosa ciudad gris, rodeada de mar y de gente amable, gente buena y feliz que lo es porque no sabe lo buena y feliz que podría llegar a ser.

Hasta aquí, la anécdota. Ahora, la duda de siempre, la pregunta que me hago cada vez que me viene a la memoria el recuerdo del recuerdo. ¿Por qué decidí escribir todo aquello? Si fue un invento, y puede que lo sea, ¿por qué me inventé una historia tan terrible? Si es verdad, ¿por qué me empeñé en recordarla? ¿Por qué evocaría una historia tan oscura? ¿Para mortificar a la Eva Ki que lo recordaría décadas o siglos más adelante, que en esta oportunidad soy yo? ¿Por qué la he vuelto a escribir y a recordar, sabiendo que eso posibilita que siglos más adelante haya otra Eva Ki también afligida con todo ese asunto?

Ya he dicho que no tengo respuestas. Solo preguntas.

Y culpas.

465-498 Persia

La memoria lo pasa todo por su tapiz mágico. Resulta que
después de diez o veinte años te das cuenta de que algunos
acontecimientos, por más importantes que hayan parecido, no
te han cambiado absolutamente en nada.

El último encuentro, **Sándor Márai**

NOCHE CINCUENTA Y TRES

Sahriyar tenía la mirada perdida, los ojos fijos en algún punto del cielo crepuscular, y en nuestras cincuenta y dos noches juntos yo había aprendido que esa circunstancia exigía mis mayores esfuerzos: cuando el rey niño extraviaba la mirada en el vasto horizonte, en las arrugas de sus dedos o en un pequeño fleco que sobresalía apenas de su túnica, era evidente que algo importante le preocupaba. Llegado a ese punto, no interesaban las razones por las que se mostraba disperso, si no volvía al aquí y ahora pronto o si yo no conseguía que se interesara por mi historia, se acabaría su poca paciencia y mi cabeza terminaría adonde habían ido a parar las cabezas de las otras tantas esposas.

Así que aquella noche, que recuerdo muy bien que era la noche cincuenta y tres, mientras el rey niño miraba o fingía mirar las nubes rosadas del crepúsculo, le conté la historia de aquel sueño premonitorio que yo aún no sabía que lo era, ese en el que aparecía Serilda y nos invadían y que terminaba conmigo procurando evitar mi figura en el espejo.

Adorné la historia con agregados de tipo fantástico, omití la palabra *nazi*, cuyo significado ignoraba, y la ambienté en nuestro tiempo: en una noche muy relevante para nosotros y, principalmente, para el rey Sahriyar. Y desde luego, cambié y dilaté el final para que su interés y curiosidad me permitieran llegar a la noche cincuenta y cuatro.

Durante la Noche del Destino, que tú, distinguido rey y amado esposo, sabes muy bien que es la noche en que el misericordioso y clemente Alá decide el destino del próximo año, dos niñas salen de la Ciudad Circular y se dirigen hacia el barrio de los comerciantes.

Mentiría si afirmara que atraviesan solas la noche, sin más compañía que un cielo salpicado de estrellas. Sabes, mi rey, que no sería capaz de engañarte. ¡Vaya descaro el osar mentirte, mi rey! No me atrevería. Por esa razón cuento esta historia exactamente como sucedió. Sin artilugios, sin sorpresas.

Por eso, no debo omitir que una de las niñas, cuyo nombre se perdió y no me atrevo a inventarle uno pero vale mencionar que era la más pequeña (no tendría más de diez años), lleva, sin saberlo, un escorpión aferrado al exterior de su alforja: tal es su secreto y mortal acompañante.

Ambas ignoran el peligro de muerte que corren, aunque debo confesar que los peligros a los que estas niñas se enfrentan son muchos y muy variados, sobre todo al recorrer aquel trayecto durante la noche, que siempre recrudece las circunstancias con su velo de tétrica oscuridad y estimula ciertas debilidades de los hombres solitarios.

De manera que van tomadas de la mano, temblando de miedo pero seguras de su objetivo, inquietas por esas otras amenazas a las que se han acostumbrado a preocuparse, sin saber que el escorpión sube por la alforja y se acerca peligrosamente a la espalda de la más pequeña.

Es la Noche del Destino, los hombres oran por la prosperidad del próximo año; tal vez por eso las niñas se han arriesgado a salir de noche, tal vez por eso van a paso raudo hacia los suburbios, hacia el barrio de los comerciantes. De haber emprendido este mismo viaje en otra época del año, no habría sido extraño que las niñas se perdieran en las garras del desierto, o en las garras de los hombres.

Pero aquella noche, mi venerado rey y valiente esposo, la suerte de las niñas está ligada al destino del escorpión, que tú ya imaginarás que no es un escorpión común y corriente. Por él, las niñas no podrán llevar a cabo su plan secreto, que al parecer es ruin y abominable (aunque eso no es importante ahora): porque el escorpión camina por la espalda de la niña menor y no tarda en clavarle el aguijón de su cola en el bracito y, tal circunstancia, desencadena los hechos que justifican este relato.

Y así como el escorpión no ha perdido tiempo, la mayor no se demora tampoco y contraataca. Quita de un golpe el escorpión del brazo de la menor y lo ve caer sobre la arena. La menor cae también, aunque de forma más lenta y parsimoniosa. Sin sopesarlo, la mayor se arranca un mechón de pelo y susurra algo encima de él, lanza un alarido y el cabello se transforma en una espada, una filosa y resplandeciente espada, con la que intenta herir al escorpión, fallando en todas las estocadas dado que ya he dicho que no se trata de un simple escorpión, sino de un Efrit, como seguramente mi rey comenzaba a sospechar.

En menos de lo que la mayor tarda en parpadear, este ser maligno se transforma en un tigre, abre su enorme boca y se lanza sobre ella, mientras la menor agoniza derramada en la arena, casi sin respirar. La mayor alcanza a esquivar la embestida, aunque no evita que una garra del tigre le rasgue la pierna. Con un grito capaz de interrumpir la oración de los hombres más devotos, la mayor pronuncia unas palabras que no soy capaz de repetir y se convierte en una serpiente.

El Efrit retrocede y, al cabo de unos segundos, decide que es mejor terminar con la vida de la menor. El relato sigue, mi rey. Y podría avanzar con las muchas transformaciones del Efrit y la niña mayor. Podría mencionar que más tarde él se convertirá en buitre y ella en lobo, luego en manzana y tarántula, que después la contienda se trasladará hacia una de las fuentes de agua de la Ciudad Circular, que él se convertirá en pez y ella en gallo, luego él en tortuga y ella en escorpión, también.

Pero creo conveniente que nos detengamos antes de que esa creciente disputa de seres fantásticos concluya con un excesivo derramamiento de sangre. Te invito, ¡oh rey feliz!, a que pongamos nuestra atención en la niña menor, que aún respira y a punto está de ser atacada por el Efrit en su apariencia de tigre. Ya amanece, mi señor, y otra vez no habrá tiempo de que termine mi relato, pero no quiero concluir sin hacer unos pequeños comentarios al respecto de la niña.

Se trata de una niña malherida, que en su letargo de muerte comienza a soñar. Echada sobre el arenoso camino que une la Ciudad Circular con el barrio de los comerciantes, es capaz de oír los gritos de la otra niña y los rugidos del tigre, así como más tarde oirá el siseo de la serpiente y el gorjeo del buitre, aunque ya no las voces que proseguirán, ni ninguna otra cosa.

Estos sonidos le llegan y se entremezclan con un sueño que la atrapa, sueño al que ella no puede más que entregarse. Sueño donde ella es en realidad un hombre, un cuentacuentos que pasa sus días inventando historias para beneplácito de sus muchos lectores.

Las estrellas se han ido ya, mi rey, y no me quedan más que unos breves instantes antes de dar por terminado el relato para el cual me has dado permiso, así que diré que la niña menor sueña que es un hombre que se dedica a escribir.

Y verás que lo que sigue a continuación es todavía más extraordinario que cualquier configuración que pudiera adoptar un Efrit, incluso más excepcional que la propia existencia de estos.

Este hombre escribe una historia en la que en realidad él es una mujer de edad avanzada, que a su vez también se dedica a inventar historias y que ahora escribe en cuadernos acerca de otra mujer, que inventa relatos y que ha dado con una historia donde una niña sueña que es hombre, que escribe que es una mujer de edad avanzada, que escribe acerca de otra mujer… y así por los siglos de los siglos.

¿No crees que es curioso, mi rey?

¿No saber si ese hombre vive en realidad y ha posibilitado todas esas otras vidas, o si en realidad no existe nada más que en la agonía de una niña que ha sido picada por un escorpión, creado por una mujer que lleva cincuenta y tres noches inventando historias, escritos por una mujer de edad avanzada que no existe más que en la imaginación de un escritor?

Sahriyar por fin me mira. Ojos cansados y a la vez angustiosos. Había podido captar su atención, vaya si lo había logrado. Supe que se contenía por permitirme continuar mi historia, supe también que él comenzaba a disfrutar, que no le disgustaba quedarse en vilo cada noche.

Faltarían más de novecientas noches para que le pusiéramos fin a nuestro juego, pero bastaron apenas cincuenta y tres para darme cuenta de que lo amaba. Que yo podía hacer de ese hombre uno por el que valiera la pena perder la cabeza.

—¿De dónde nacen todas esas historias?

Sahriyar se estiró y, con temor, apoyó su mano sobre la mía. Esa fue su primera caricia. Creí advertir que le vibraba el pulso. Mi mano también temblaba, aunque no se notaba: en realidad me temblaba todo el cuerpo, desde los pies hasta el cabello.

—Dime, dulce Sherezade. —También fue la primera vez que me llamó así—. ¿Qué gracia divina te ha sido otorgada para que seas capaz de crear tantos mundos?

—No soy yo, mi rey. —Me temblaba la voz como nunca me había temblado en cincuenta y tres noches—. No es por mí que esas historias son posibles. Son gracias a ti que existen. Tú y no otro las hace posibles.

Ya se percibía el burbujeo caliente de la luz cegadora, el aire tibio de un nuevo día adhiriéndose a las paredes: amanecía. Llegó a su fin la noche cincuenta y tres. Noche que fue tan relevante para mí que merece formar parte de estas páginas que escribo (o que creo que escribo), que no sé adónde irán a parar.

En un calendario

Con expresa autorización de sus hijos Mariano y Belén de Pardú, publicaremos a continuación dos textos que Eva Ki garabateó en el dorso de un viejo calendario. Este fue hallado entre las páginas del tercer volumen de *Las mil y una noches,* propiedad de la residencia geriátrica Mis Años Felices. Ambos textos carecen de título.

Un solo sueño hay
que no sé discernir:
un cielo en el que se mecen
luces y más luces
y se estremece el mundo
y yo tiemblo.
Censuro su afanoso escalofrío,
mas lo sigo siempre
porque ceder no puedo.
Soy la inercia y el vaivén,
el devenir y el desenlace.
No soy la razón de nada,
la causa de nada.
Nada más un ser
insignificante, invisible,
soñando un cielo que oscila.

Y son susurros
mi oxígeno y mi sosegada erosión,
Vivacidad y pesar.
Nacer y perecer.
Soñar sin discernir.
Perecer. Soñar.

Extraño a mucha gente, muchos lugares, voces y aromas.
Extraño uniformes, peluches, anillos, talismanes,
    canciones.
Extraño un domingo, dos martes, diez viernes.
Extraño un llanto igual que una carcajada,
un susto terrible,
un diente que no quiere caer.
Entre tantas cosas que extraño,
las que más son:
un mate amargo
y bizcochitos de grasa.
O medialunas de manteca.

1983-1996 Buenos Aires

Por sus pasadas o futuras virtudes, todo hombre es acreedor a toda bondad, pero también a toda traición, por sus infamias del pasado o del porvenir.

«El inmortal», Jorge Luis Borges

TAROT

Fue en el ciclo que viví con mi madre Maribel en el que me obsesioné con conocer el origen de los orígenes, que desde luego no era otro que mi primera vida. Sabía que pronto me apagaría y, en lugar de empecinarme con lo que sucedería después de mi último respiro, me intrigaba saber cuál había sido mi primerísima versión.

No era que ya tuviera superada la noticia de mi temprana muerte; me dolió saberlo, por supuesto. La cara de mi madre la tarde que tuvo que darme la noticia me partió el alma. El asunto es que podía imaginar, a grandes rasgos y a través de los sueños, cómo serían mis futuros, pero no había forma de rastrear mis pasados más primitivos.

Por entonces, creía que para obtener ese saber hacía falta alcanzar la edad necesaria, digamos treinta años. Que solo sería cuestión de esperar a cumplirlos en alguna de mis siguientes vidas. Tenía doce, y pensaba que al cabo de tres décadas, además de vieja, una se convertía en una mujer sabia. Ahora, que cargo con demasiadas arrugas y ninguna sabiduría, no tengo más que incertidumbre. Es evidente que en ninguna de mis otras vidas pude encontrar el ciclo originario. Tengo setenta y tres: de ser así, lo recordaría.

No estaba dispuesta a morirme sin intentar descubrirlo por mi cuenta. Se me ocurrió que podía darle una segunda oportunidad al tarot. Tal vez podía ver algo que mi madre no había podido. Y si no, al menos aprovecharía para compartir un buen rato con ella. Yo lo necesitaba. Ella, también.

Por aquel entonces, mi madre salía con un hombre a quien no voy a nombrar para no darle una entidad que no se merece. Tenía bigotes, si vale de algo el detalle. Fue el único hombre con bigotes que le conocí, que al final no fueron tantos. Tres, cuatro. No más. Digamos que fue un hombre que la quiso mucho y que parecía adorable, que después se le pasó, que no le importó lastimarla, que la dejó justo en el momento en el que ella más lo necesitaba a su lado, que lo odié.

Recuerdo que él le decía mucho: «Te quiero, Maribel», y después le empezó a decir: «No te entiendo, Maribel». Y después: «Sos rara, Maribel». Y después, nada. Acabábamos de recibir las «buenas nuevas» por parte del hematólogo, y él empezaba a planear su retirada. Al cabo de unos días, ya se estaba colgando el bolso. En silencio, sin mirarme. Sabiendo lo duro que serían los próximos meses para mi madre. Después de tantos siglos de pérdidas, desencantos y decepciones, debería estar curada de espanto. Pero no: tengo la suerte o la desgracia de que las personas me siguen doliendo.

Que mi madre Maribel era rara es totalmente cierto. Una tarde en la que habíamos desplegado la baraja sobre la mesa y ella insistía en leerme el futuro y yo me había empecinado en que quería conocer mi pasado o nada, empezó con un juego que luego repetiríamos hasta el final.

—Te tenés que alicatar las uñas —me dijo y se me quedó mirando fijo, muy seria. Se levantó, hurgó en su cartera y volvió con el alicate y con una sonrisa que dejó sus encías al descubierto. Casi me caigo de la risa. Ella estaba roja también.

Aguantó sin respirar hasta que soltó una carcajada y ahí sí, ya no pudimos parar de reírnos. No sé si fue intencional, lo que sí sé es que fue el comienzo de un juego que nos haría olvidarnos de todo, al menos por un rato.

—Alicatame vos.

—Yo te alicatato. —La luz de la cocina se reflejaba en el pequeño alicate, que ella blandía como si se tratara de un bisturí o de una espada—. Venga, señorita, que yo la alicatato.

Nos moríamos de risa. No hace mucho descubrí que el verbo «alicatar» existe, aunque no significa «cortarse las uñas con un alicate». Sigue siendo gracioso. Era rara, es cierto. Veíamos una película o una novela, recuerdo mucho una mexicana en la que los protagonistas tenían nombres compuestos: Carlos Fernando, Carlos Daniel, todo así, y ella se emocionaba cuando veía una escena de amor, le brillaban los ojos, y a mí un poco menos. Entonces, sin dejar de mirar la pantalla, mi madre murmuraba: «Me dan ganas de llover» o «Qué tonta, mirá cómo me lluevo». Y se secaba las lágrimas con el puño.

Era rara mi madre Maribel. Decía: «El mundo está quieto, somos nosotras las que giramos». Cosas así. Como al pasar las decía, jamás se ponía solemne o trascendental. Era como si las palabras se le cayeran de la boca. Y eso la hacía todavía más especial. Esos juegos inocentes y las tardes de tarot nos ayudaron a sobrellevar el último tiempo.

Aunque soy injusta al llamarlo así: solo fue *último* para mí, después su vida siguió, desde luego. No debo ser tan presuntuosa como para sugerir que, sin mí, su vida se acabó también. Sé que le fue difícil, pero pudo sobreponerse. Sé que es así porque así son las cosas. Un sucesivo caerse y levantarse. Y también lo sé porque no me pude contener: en mi vida siguiente, que no es otra que esta misma, la fui a buscar. Tal vez hable de eso más adelante. Ahora, necesito contar lo que pasó cuando ocurrió lo del ermitaño.

Esa vez mi madre me miró a los ojos y, con la carta del ermitaño en la mano (que es la del anciano que camina apoyado en un bastón) me dijo:

—No corras, Eva. De a un paso a la vez. El ermitaño me dice que estás tras una búsqueda de conocimiento, de autoconocimiento diría. Pero el bastón nos muestra que conviene avanzar con pie de plomo. Es largo el camino hacia la verdad, que es lo que estás buscando.

En ese momento sonrió. Resopló, como si acabara de soltar todo aquello de memoria y sin respirar. Observó la carta como si necesitara recurrir a la figura del viejo ermitaño para seguir interpretando mi suerte. Dijo:

—No te frustres, Eva. Lo importante no es la llegada, sino el camino. La búsqueda vale tanto como la cosa que buscás. Estás buscando... —se corrigió—, estás persiguiendo algo. Disfrutalo, Eva. Disfrutá hoy lo que perseguís, sin importar que mañana lo obtengas. ¿Dale?

Mi madre Maribel tenía un don, creo haberlo dicho ya. Yo lo sabía y ella también. No necesitaba leer las cartas para discernir lo que me pasaba. Sabía lo que yo pensaba en todo momento. Por eso supongo que se detuvo. Me miró otra vez, se puso bizca y dijo:

—El ermitaño está bastante desalineado. ¿Cuánto hace que no se alicata las uñas?

Nos reímos otra vez, aunque no tanto. Se levantó y se puso a doblar la ropa limpia, que se amontonaba sobre la cama.

Me quedé pensando en la figura del ermitaño. Algo sucedió en ese momento, un recuerdo que parecía asomarse, una sensación que no fui capaz de asimilar por completo. Eso ocurrió hace muchos años, mientras mi madre Maribel hacía bollitos con las medias. Esa sensación volvió a aparecer hace algunos días, con más fuerza, eso sí. Esta vez me entregué a ella con la convicción de que se trataba de un recuerdo hasta ahora velado.

Fue el lunes por la mañana.

EL ERMITAÑO

Ha de tener que ver con algún tipo de simetría cósmica. Un requerimiento divino, una preferencia del universo: la propensión hacia el equilibrio, la armonía. Por eso será que así como puedo recordar mis vidas pasadas, también vislumbro, entre sueños, mis vidas futuras.

Será por eso que me descompensé, que me bajó la tensión y casi me desmayo. Fue el lunes. De no haber sido por una de las enfermeras, no llegaba a terminar de escribir esto, que ya no sé si son mis memorias, un diario íntimo o las fábulas de una vieja incapaz de distinguir recuerdos de fantasías.

Tampoco estoy segura de que sean enfermeras, aunque supongo que sí: si hace falta, aquí todas tienen la capacidad de medicarnos, se trate o no de una urgencia. Algún mínimo conocimiento habrán de tener.

Son tres: Melody, Uma y Almendra. Muy modernos sus nombres, pero no sé: no estoy al corriente de esa ni de ninguna moda. Es probable que esos nombres hayan caducado ya también. Cuando me presentaron a Melody y a Almendra, hace casi un año, me salió decirles eso: «Qué modernos todos estos nombres». Menos mal que no me quedé muda: suelo quedarme más callada que una piedra cuando me piden opinión acerca de algo que no me gusta, así que fue una suerte. Lo mismo una semana después, con el ingreso de Uma.

Melody, Uma y Almendra, ¡ja!

De las tres, la que mejor me cae es precisamente Uma. Viene bastante seguido a verme y me da conversación. Yo le contesto lo primero que se me viene a la cabeza, no estoy en edad de preocuparme por lo que digo. Sospecho que nada más salir de la habitación, va corriendo a registrar cada palabra que he dicho, cada gesto. Por eso tampoco exteriorizo demasiado: si quiere leerme, que lo haga, no tengo ningún problema. Pero no se lo voy a poner fácil: para lecturas ligeras ya están las librerías.

No se lo pregunté y probablemente me equivoque, pero diría que Uma es de libra, como mucho, de piscis. Carezco de la intuición que, en lo referido a los signos del zodíaco, sí tenía mi madre Maribel, pero da igual. En tal caso, digamos que Uma es sensible y amable.

Fue ella quien cubría el turno mañana del lunes. De no ser por Uma, mínimo me habría partido la cara contra el suelo. No sé qué debió ver, imagino que se advertía en mi rostro el inminente colapso: estaba a punto de desplomarme, llevé una rodilla al suelo primero, luego la otra, cuando un brazo me sostuvo y refrenó el derrumbe. El brazo era de Uma. Lo supe después, cuando ya estaba sentada en una silla de ruedas y la propia Uma me apretaba fuerte la mano y me decía: «Ya pasó. Ya está, señora Ki».

Todos estuvieron de acuerdo en que debía descansar. Dormir más, comer mejor (incluso el insípido puré de calabaza con que acompañan el pollo día por medio. Sobre todo el puré, insistieron), no agitarme, tal vez agregar un sedante que me asegurase al menos seis horas de sueño.

Yo dije a todo que sí. Siempre les digo que sí. No quiero problemas. Lo único que pido ahora es que me dejen en paz, poder escribir dos o tres horas diarias, sin molestar a nadie y sin que nadie se me acerque a preguntarme: «¿Está bien, Eva? ¿Necesita algo? Cualquier cosa me avisa, señora Ki».

Hace siglos que no me siento bien, estoy acostumbrada, no es gran cosa. Pero déjenme escribir, que solo así se me olvida.

Al fin y al cabo, lo mío no fue ni por falta de sueño ni por no respetar los horarios de las comidas. No fue a causa de la edad, fue otra cosa. Motivo por el cual empecé este capítulo hablando acerca de la predilección que tiene el universo por la simetría. Porque antes del desmayo, recordé cosas. Una sucesión fugaz de imágenes que nunca antes había visto (acaso apenas había conjeturado con lo del ermitaño), memorias desordenadas de épocas cercanas y tiempos antiquísimos. Múltiples recuerdos de mis vidas pasadas. Tan intenso fue que mi cuerpo no lo soportó.

Recordé una estrella fugaz. Recordé un temblor, una tormenta. Recordé una selva, una cascada. Recordé mis manos manchadas de sangre, y esa sangre no era mía. Recordé la certeza última frente a un cielo cubierto de flechas. Recordé el dolor de un parto. Recordé mis pies helándose en la nieve, recordé el frío y la garganta seca. Recordé un eclipse en Cartago, un cumpleaños en Judea. Una tumba. Una cruz. Una espada. Recordé una muralla. Una serpiente enroscada en un árbol. Una casa ardiendo. Recordé que fui niña casi siempre, aunque fui niño también. Recordé un atardecer, y luego otro, y otro. Recordé un beso en la mejilla. Recordé un desierto y un turbante. Recordé un bastón, un viento tibio. Recordé una voz.

Y durante los segundos que estuve desmayada, el universo se encargó de equilibrar la balanza: escenas como *flashes*, fugaces, violentos, yuxtaponiéndose como si fueran planos y contraplanos de una película puesta a cámara rápida. Una imagen, *flash*, un primer plano, un sonido, *flash*, corte, una sonrisa, *flash*, un parpadeo, una mano sobre mi mano, fundido a negro. Una premonición, un augurio.

Solo que, extrañamente y por vez primera, se trataba de un sueño cercano, de esta misma vida. Esta, que vivo ahora. Lo sé porque sucedía aquí mismo, en Mis Años Felices, junto a la puerta que da a la galería, más allá del pasillo. Entiendo que es posible que en un ciclo siguiente me hospede (me pongan por mi bien, mejor dicho) en esta misma residencia geriátrica.

Pero estoy segura de que el sueño pertenece a esta vida. Estaba Uma: no tengo dudas de que la sonrisa le pertenecía a ella. Esto es todo lo que recuerdo: el *ring* de un teléfono, que ahora deduzco será el de la recepción, enseguida Uma en la recepción también, en un chasquido Uma a mi lado, Uma sonriendo, no sé si se ríe de mí o conmigo, Uma ayudando a levantarme, Uma guiándome a través del pasillo, Uma abriendo la puerta.

Toda encorvada y cubierta de arrugas parezco el ermitaño, solo me falta el bastón, con tantos achaques y tan destartalada. Tras un parpadeo inevitable, provocado por la luz de afuera, entrecierro los ojos, descubro una sonrisa que no es mía, tampoco de Uma, un resplandor.

Menudo presagio soñar con una luz que encandila. Pero ahí se acaba. De momento, eso es todo lo que sé de mi futuro. De las simetrías más desproporcionadas, si me lo preguntan. No he vuelto a soñar «El sueño de las estrellas tambaleantes». Sigo sin conocer lo que significa.

¿Debería olvidarme de él?

No hacía calor en la premonición. Al menos, no lo percibí, así que puedo decir que se trata de un hecho cercano, pero no tanto. Porque ahora, en este mismo momento, hace un calor insoportable. Hay que tener empeño para respirar y mucho más para moverse de un lado al otro. Si alguien llegara a leer esto en pleno verano, entenderá a lo que me refiero, no hace falta que me extienda. No voy a escribir páginas y páginas hablando de las peculiaridades de este calor, que sin dudas es igual a cualquier otro de cualquier época y lugar. Un calor imposible, por resumir. Y punto. Que estaré vieja y me voy por las ramas, pero no lo suficiente como para ahuyentar al lector de estas páginas con descripciones innecesarias.

Porque no hay forma de transmitirle la sensación de calor a un lector que está en pleno invierno, un 15 de julio digamos si se está en el hemisferio sur. Cuando una tiene frío, no hay manera de comprender el calor que otro puede estar padeciendo. Qué me van a hablar del sudor en la frente y en el cuello y que ni respirar se puede, si al momento de leerlo tenemos una bolsa de agua caliente en los pies y estamos cubiertas con dos frazadas, una manta y un abrigo polar por encima de todo, calentándonos las piernas y el alma.

Hace calor. Aunque he oído en la radio siempre prendida del salón que mañana, tal vez pasado, se nuble y quizá hasta llueva. Mi sueño fue tan poco preciso como los pronósticos del servicio meteorológico.

Quién sabe.

In memorian

El siguiente texto fue publicado por primera vez en la edición mexicana del diario *El País*, cuarenta y ocho horas después del anuncio del fallecimiento de Eva Ki.

Un infierno menos

He pasado dos días en el infierno. Primero, por la muerte de la estupenda escritora y admirada amiga Eva Ki; después, por la obligación de despedirla públicamente en nombre del sindicato que presido.

Varias veces pensé en delegar esta responsabilidad, pues abundan los escritores de talento en el país, aunque la poca importancia que se le da a la cultura los mantenga en las sombras. Pero algo, quizá la vanidad, me insistía en que debía ser yo el hacedor de este lamento, como si en nadie pesara tanto el vacío que Eva Ki dejará en el mundo de las letras.

Grecia, Argentina, España, Francia y otras naciones se disputaron en algún momento el honor de ser su patria, como si se tratara de un ser mitológico y no de la mujer vivísima que miraba y sonreía como nadie y tenía siempre las palabras precisas en momentos de solemnidad o recreo y que, como en sus libros, pasaba de un tono a otro sin solución de continuidad y sin perder la elegancia.

En su vida personal y en sus libros, lo hilvanaba todo de manera tan sutil que uno sentía envidia, admiración, dicha, nostalgia. Cada una de sus palabras y frases, aunque se hubieran repetido en incontables ocasiones en los incontables idiomas del mundo, era única y daba la impresión de que nunca se utilizaron de mejor manera. Eva Ki tenía esa magia.

Millones y millones de personas han pisado la Tierra y, para bien o para mal, solo se conservan algunos nombres. El suyo es uno de ellos. Antes de su partida, ya consideraba su obra tan grande (tan maravillosa) como la de Marcel Schwob, Italo Calvino o Jorge Luis Borges. Quizá más grande, aunque temo que el atrevimiento nazca de la cercanía, de haber compartido con ella algunas ediciones de la Feria de Guadalajara, algunos cafés en su restaurante favorito de la Ciudad de México, frente a Bellas Artes, de haberla escuchado horas en los larguísimos paseos que insistía en hacer a pie, de regreso a su cuarto de hotel, aunque cayera la noche y yo tuviera que repetirle que México no era España o Alemania o aquellos países del primer mundo, donde el miedo no es una cosa de todos los días; paseos en los que, sin embargo, yo aprovechaba para pedirle que me dijera alguna de esas cosas raras que ella sabía decir tan bien, con sus ojos grandes y radiantes y su risa:

«He muerto muchas veces, querido Carlos. Ya sé cómo es».

Lo que nos duele ahora es, entonces, el recuerdo de nuestra inevitable mortalidad, el recuerdo de millones de personas cuyos nombres han borrado los años, ese grandísimo grupo de olvidados del que casi todos seremos parte, pero no tú, Eva.

A ti no te deseo un eterno descanso, sino la dicha.
Dondequiera que estés.

Carlos Román
Presidente del Sindicato Mexicano
de Autores y Editores (SIMEAE)

Ya en contacto directo con el prestigioso cuentista y ensayista mexicano Carlos Román, le comunicamos que sería de nuestro agrado (también habría sido del agrado de la propia Eva Ki) que escribiera una reseña de la presente novela, por entonces todavía inédita.

Habiendo sido muy amigo de la autora, y conociendo la relación que ella tenía con Umbriel Editores, él accedió inmediatamente, dando por sentado que no era intención de Umbriel Editores abusarse de su confianza y predisposición.

La primera reseña de *Todas las vidas de Eva Ki* la escribió, entonces, Carlos Román.

Un fragmento de ese texto es lo que publicaremos a continuación.

FRAGMENTO DE UNA RESEÑA

Pero qué poco es un libro en comparación con algunas personas. Aunque sea un libro maravilloso como cualquiera de los que escribió Eva Ki. Y, sobre todo, cuando la persona *es* Eva Ki. Releo sus obras para sentir que me habla como en los inolvidables paseos por el Centro Histórico de la capital, en que aprendí a ver con otros ojos las cosas que pensé conocer de sobra. Pero… ¡qué poco es un libro!

Si pienso en la vida de muchos artistas célebres, en la decadente vida de muchos artistas célebres, quedo absorto ante la idea de que la maravillosa Eva Ki haya creado tantos libros felices. No es de extrañar que sus obras más aclamadas sean las de corte biográfico: *Los libros prohibidos de Eva Ki* y *Todas las vidas de Eva Ki*.

Siendo *Todas las vidas de Eva Ki*, quizá, el libro más curioso de la autora, el más íntimo y, para quienes la conocimos, el más esperanzador. En él, Eva narra los pasajes más relevantes de sus vidas pasadas. El hilo conductor es, quizá, la manera y el sentido de sus muertes. Es difícil definir o describir una obra de ese tipo, porque no se pueden usar referencias conocidas de algo tan original. Sería como describir un ser extraordinario y decir que tiene patas parecidas a las del pato, torso similar al del gorila y cabeza de tigre: la impresión en el oyente sería la de algo monstruoso. Quizá todo lo que hay en el mundo, al principio, fue algo monstruoso. El caso es que el libro es un bellísimo monstruo, y hace que los lectores vuelvan a creer que en la literatura hay magia, que la imaginación es mágica y que con ella se puede cambiar, tal vez no el mundo, pero sí la manera en que lo vemos y lo enfrentamos.

Por último, *Todas las vidas de eva Ki* es esperanzador porque, si lo conectamos con ciertos comentarios que Eva hacía entre sus amigos más cercanos[1], la lectura sugiere que ella estará viviendo en otro sitio, con otro nombre, y que poco a poco nos irá encontrando. Quiera Dios que así sea, que yo esté vivo cuando me recuerde. Quiera Dios que mi participación en su vida más reciente haya sido tan relevante como para que me busque o me lea.

Carlos Román

---

1 Eva Ki parecía conocerlo todo. Su bagaje cultural era muy vasto. Cuando narraba acontecimientos históricos, uno sentía que ella los había atestiguado, y a través de sus ojos, a través de sus palabras, el sitio donde uno estuviera se llenaba de objetos y personas espectrales. Alguna vez, paseando por el Zócalo, se detuvo frente a un museo que exhibía máquinas de tortura. Después de unos minutos, para aligerar el ambiente, le pregunté si de *eso* no tenía historias. Me dijo que, a veces, lo más sensato era callar. Después de leer *Todas las vidas de Eva Ki*, creo entender la razón de su silencio.

1892-1938 Madrid

Ah, que tus ojos se despierten, alma,
y hallen el mundo como cosa nueva...
Ah, que tus ojos se despierten, alma,
alma que duermes con olor a muerta...

«Alma muerta», Alfonsina Storni

LIBROS PROHIBIDOS

No volveré a enumerar lo que contenían los cinco volúmenes que mi padre Iruela me prohibía leer. Esa
historia («Maravillosa aunque perturbadora», como le he
oído decir a un crítico francés) ya la habrán leído los pocos
lectores que se hicieron con una copia del libro titulado *Les
livres interdits d'Eva Ki (Los libros prohibidos de Eva Ki)*, así
que no haré ninguna especificación, que no he venido aquí
a hacer publicidad de mi obra. Diré nada más que los cinco
volúmenes abordan temáticas diferentes, así como diferente es la configuración de cada uno de los volúmenes. Por
ejemplo:

- Volumen I, *Manual de Lectores Extraordinarios*.
- Volumen III, *Primera Enciclopedia de Yeäl*.
- El Volumen V es inabordable y, sin embargo, intenté
  abordarlo en *Les livres interdits d'Eva Ki*.

¡Ay, qué tiempos aquellos en los que me permitía ser insolente y atrevida! ¡Ay de aquella Eva Ki que supe ser, sin saber
que lo era!

A estas alturas de mi vida me parece más que válida una
pequeña confesión: aún conservo los originales. Sí, los mismos cinco volúmenes que mi padre favorito me prohibió leer.

Claro que no los tengo aquí, no estoy loca. Están guardados en la caja de seguridad de un banco, el cual no mencionaré, desde luego.

En agosto de 1937, a la edad de cuarenta y cinco años, sabiendo que ese ciclo llegaba a su fin, vendí mi casa y con ese dinero solicité la apertura de una caja de seguridad, pagué el alquiler de ese año y de las siguientes quince décadas (por lo que el gerente me hizo una más que correcta bonificación), aboné los costes del seguro, guardé los cinco volúmenes (por poco no caben) y volví con la sensación de haber hecho lo correcto, pero también con la incertidumbre de no saber cómo hacerle llegar a la próxima Eva Ki, el juego de llaves que el gerente acababa de entregarme como locataria de la caja de seguridad.

Lo pensé mucho, había muchas posibilidades y todas eran peligrosas. Corría el riesgo de que alguien se hiciera con la llave antes de que yo recordara siquiera que existía. Eso me aterraba: era el recuerdo más preciado de mi vida con mi padre Iruela. Se me ocurrió, creo que fue la primera idea que tuve, que podía plantar un árbol y guardar el cofre con las llaves entre sus raíces. Pero enseguida lo descarté: ¿era posible que al cabo de cuarenta y cinco años, el árbol siguiera existiendo? Sí, desde luego era una posibilidad. Pero era poco probable. Un bosque entero puede desaparecer en un chasquido. *Chas*, y ya no existe más.

En una ocasión, hace más de cien años, hice algo similar: guardé una nota en una botella de vidrio, que luego enterré junto a un cerezo. No sabía que estos árboles no viven más de cuarenta años, y no tuve en cuenta que en la próxima vida podía nacer muy lejos de ese cerezo.

Eso fue lo que pasó. De hecho, en la siguiente vida no pude pagarme el viaje, y como recordé lo que me había escrito, no me preocupé por recuperar el mensaje.

Pasaron dos vidas más hasta que pude dar con el lugar donde hacía décadas había un cerezo. Ahora era el jardín de un colegio protestante. Fueron muchos los escollos que debí sortear para que la recompensa fuera una botella rota y la celulosa hecha abono. No volvería a cometer ese error.

Razoné que lo mismo sucedía con cualquier tipo de construcción: casas, teatros, museos, edificios. Todos podían sufrir remodelaciones. O desaparecer, ya no en cuarenta y cinco años, tan solo en cinco. Lo mismo con yates, automóviles, semáforos, desagües. Pensé en destinos turísticos, que suelen conservarse. Pero la idea de dejar la llave en las proximidades de una pirámide o de una cascada a la que visitan millones de personas al año me pareció más que disparatada. Al cabo de unas horas, se me ocurrió que los puentes suelen ser construcciones más duraderas, que no es cosa de todos los días tirar abajo uno.

Enseguida recordé que, hacía unos años, el ayuntamiento había reemplazado el puente que conectaba Besana con Murria por un túnel, así que mi idea se desplomó como lo hizo ese mismo puente, una tarde de febrero. Seguía sin dar con el lugar que me ofreciera más garantías. No me di cuenta en ese momento. Pasaron unos largos minutos, quién sabe si no fueron horas, hasta que advertí que ya había dado con la solución. No escondería la llave en un puente, lo haría en un túnel. ¡Un túnel! Y ya sabía en cuál. Aquel que yo había sabido transitar en una vida anterior. Sería en el túnel de Bonaparte, en Madrid. Conocía un lugar donde ni un animal ni un mendigo podría encontrarla.

Pero otra vez me disperso.

Ay, Eva, Ay: qué caros te están saliendo los setenta y tres…

Eso ya lo he contado, y en francés, porque fue Cercle Magique la única editorial que se interesó en publicar mi manuscrito. Lo que les había llamado la atención no había sido la historia, sino la forma. No recuerdo el nombre de la editora, tal vez se llamaba Ivette, pero sí recuerdo lo que me dijo: «No es común recibir textos escritos en francés antiguo».

La última vez que yo había hablado esa lengua había sido hacía unos seiscientos años, así que no quiero ni pensar lo que se le habrá pasado por la cabeza al leer mi manuscrito.

Quienes quieran conocer los detalles de esa historia, no tienen más que recorrer las librerías de segunda mano ubicadas en la margen del Sena, en París, y se quitarán todas las dudas.

Porque ahora quiero contar algo de mi padre Iruela, el de la *i* de mi apellido. Imagino que pronto le dedicaré también un capítulo a mi padre Kuzmin[2]: no es que no quiera contarlo, sino que temo no ser capaz de abordar con palabras todo el amor que aún tengo por él.

No pude pegar un ojo en toda la noche pensando en mi padre Iruela. En que, en cuanto saliera el sol y el batallón de vejetes comenzara a desperezarse, encendería la luz de mi candelero y me sentaría a garabatear esto que escribo. Eso me pasa a veces: me acuesto sabiendo que al día siguiente debo hacer alguna cosa y, si no la hago, estoy con eso en la cabeza todo el día. Vicios de la edad.

La tarde de ayer repitió el calor insoportable al que una no se acostumbrará jamás. Ese que me niego a describir y que durante una temporada, todos los años, se instala

---

2 N. del E: Para la presente publicación, Umbriel Editores ha decidido no incluir los capítulos que abordan el ciclo correspondiente a Iván Mijaíl Kuzmin. Estos formarán parte de la novela titulada *Una muñeca rusa llamada Eva Ki*, que se publicará próximamente.

indefectiblemente, lo describas o no. Hablo de un calor que, además, le hace a una saber que pronto llegará el apagón. Porque es bien sabido que unas cuantas horas de calor son más que suficientes para que Mis Años Felices quede entre penumbras.

A la noche, entonces, llegó el apagón.

Eran las 22:30 y no tenía sueño. Vi desde mi puerta entreabierta que Melody esparció velas eléctricas por aquí y por allá, luego de hurgar en los armarios de la recepción. Entretanto, yo me distraía con los ruidos de la calle, que una se olvida de que existen por el incesante volumen de la televisión y de la radio y por el runrún de los demás vejetes.

Y de golpe, así sentada como estaba en la silla de mi cuarto, me vino una risa. Una risa que me transportó a esas noches con mi padre Iruela, cuando la luz se apagaba durante horas, durante días incluso, y yo corría tras las piernas de mi padre riéndome a carcajadas para que no se notara el miedo que tenía. Ese recuerdo está siempre presente, no es de los que me embisten y me exponen circunstancias nuevas, solo que anoche reflotó debido al apagón.

Se cortaba la luz y mi padre, don José Iruela, enseguida apagaba el cigarrillo y me alzaba y me decía algo así: «No pasa nada, peque, no pasa nada que papá está aquí». Al rato ya estábamos jugando.

A uno de los juegos que ideó para esas noches negras lo llamábamos «Había». Siempre empezaba él. Decía «Había»; y después yo lo repetía y agregaba una palabra nueva; y luego mi padre otra vez (mi madre de entonces, Leonor Ferrara, nunca se divirtió con nosotros ni con nada). Y así el «Había» inicial se convertía en «Había una nena que jugaba en la...»; hasta que alguno de los dos se olvidaba de la frase y era merecedor del castigo que, casi siempre, eran cosquillas en el cuello o en las costillas.

A veces, jugábamos a inventar cuentos: él proponía tres palabras y yo debía relatar una historia con ellas. Mi padre se olvidaba de fumar durante un buen rato y, estoy segura de que, al igual que yo, él también se divertía.

Hubo una ocasión en la que se le ocurrió inventar palabras para que yo las incorporara en el cuento: «Francinfrunquen» fue una de ellas. Y yo dije algo parecido a «La vecina salió a comprar dos kilos de francinfrunquen...», y no podíamos ni terminar el cuento de la risa que nos daba.

Me prometí que, cuando amaneciera, lo escribiría. Y aquí estoy. Fue un grato recuerdo que, al mismo tiempo, hizo que me acordara de esas otras noches, aquellas en las que debía entretener a un rey para que no me decapitara. Durante esas noches también narraba historias. Algunas incluso me las inventaba en el momento. No me divertía, desde luego, no al principio. No hasta que vi que el rey niño sonreía a la vez que yo sonreía, como siglos más tarde sonreiría mi querido padre Iruela, también a la luz de las velas.

465-498 Persia

Ver un Mundo en un grano de arena
y un Cielo en una Flor Silvestre,
sostener el Infinito en la palma de la mano
y la eternidad en una hora.

«Augurios de inocencia», William Blake

EL VISIR: MI PADRE

Una vez me llamé Becca. Me morí cuando tenía nueve años. Subí
al Cielo y Dios me regresó. En la siguiente vida me llamarían Pam.

E se testimonio se lo oí a una chica en un programa de televisión. Y yo, Eva Ki, que no guardo el recuerdo de los
últimos momentos, así como no me acuerdo de mis nacimientos tampoco; yo, que sí sé lo que es morir y renacer y volver
a morir y recordarlo, puedo afirmar que todo eso es mentira.

Sé que es un fraude no solamente por ese pequeño detalle
del alcance restringido de la memoria, sino porque Dios no
pinta nada en todo este asunto. No niego que puede ser que
existan más personas como yo, ojalá las haya. Lo que rechazo
es la posibilidad de recordarlo todo: el instante mismo en que
morimos, el momento en que quebramos en un llanto inau-
gural tras el corte de la partera.

Jamás me he encontrado con alguien como yo. Y puedo
afirmar que todos los que dicen recordar sus vidas pasadas
son unos farsantes o unos chiflados, o las dos cosas a la vez.
Dejo por aquí otra pista para desenmascararlos: cuando yo
confieso que en mis muchas vidas me ha tocado ser cuentacuentos, escritora, transcriptora, una niña común y corriente, etcétera; ellos siempre aseguran haber sido emperadores,

conquistadores, reinas, héroes, hechiceras, profetas. Si el charlatán de Pitágoras afirmaba haber guerreado en Troya en un ciclo en el que se llamaba Euforbo e, inmediatamente después, también decía recordar una vida en la que fue Etálides, el argonauta.

Ellos siempre han sido el rey niño, nunca la mujer que le contaba historias.

Lo que sucedió durante la septingentésima quinta noche vale la pena recordarlo. Hablo de la noche en la que murió el visir, mi padre.

Sahriyar entró en la alcoba con un gesto que no le había visto en las más de setecientas noches juntos. Mi hermana Doniazada me cepillaba el cabello y se quedó petrificada cuando el rey explicó los motivos por los que esa noche sería distinta.

—No te has enterado.

En ese momento Doniazada dejó de moverse, expectante a lo que el rey estaba a punto de anunciar.

—Es el visir: está delicado.

En ocasiones, el rey niño y yo habíamos hablado de mi padre. Yo lo llamaba «visir» también. Por eso él lo dijo así. Desde que me había ofrecido como esposa real, yo no tenía contacto con mi padre. Doniazada solía comer con él, y muchas veces insistía para que yo me sumara a alguno de sus almuerzos. Pero yo no era capaz de perdonarlo. Jamás olvidaría la falta de agallas de mi padre cuando, setecientas cinco noches atrás, había puesto su propia vida por encima de la de su hija. Y me había obsequiado al rey.

Doniazada se llevó la mano a la boca. Yo la miré y le reclamé compostura con la mirada. Ella no lo advirtió.

Pude ver que se le humedecían los ojos y comenzaban a temblar.

—Las insto a que se presenten ante él urgente.

Eso fue lo que dijo. Yo sé que, en realidad, lo que el rey niño quería decir era que estábamos autorizadas a hablar con mi padre. Nos estaba pidiendo que acompañáramos a mi padre en sus últimas horas. Doniazada también lo entendió, o tal vez no le importó dejar a un lado las formalidades: se pasó la mano por la cara, resopló y salió rápidamente de la alcoba. Casi se lleva por delante al rey.

—Dulce Sherezade, espero me concedas el favor de asistir al visir.

—Solo si tú, mi amado esposo, nos haces compañía también.

Sonrió. Hizo un leve movimiento afirmativo con la cabeza.

—Mañana me dirás cuál es el destino de Dalila.

La noche anterior había detenido mi relato en el momento en que Dalila le ofrecía cinco esclavos a la esposa del gobernador a cambio de mil doscientos dinares. Esa historia inconclusa debería aguardar una noche más. Ahora, yo debía respetar el mandato de mi rey y esposo.

—Mañana será.

Ahora, la muerte de mi cobarde padre me provoca poco y nada. De modo que no me demoraré en puntualizar los detalles de su última noche con vida. Diré nada más que esa noche también conté una historia. Lo hice por Doniazada, que me reclamaba que hiciera algo, que le diera una señal a mi padre de que lo había perdonado, que le proporcionara la posibilidad de irse en paz. Pero, sobre todo, lo hice por

Sahriyar, mi rey niño. A él le debía una historia, y no quería fallarle.

Sentados los tres alrededor de la cama del visir, con la escolta del rey Sahriyar custodiando la entrada de la alcoba, narré una historia que me había contado mi padre cuando yo era una niña y él la persona más valiente y fuerte del mundo. Narré la historia tanto para que la oyera mi padre como para que la conociera mi rey. Era una historia muy conocida en aquel tiempo. Breve y terrible.

Durante el primer sueño juntos, los niños Hakim y Jamal aparecieron en la oscuridad de una tienda muy similar a la que compartían a diario. Enseguida, Jamal se dio cuenta de que era un sueño (Jamal se jactaba, al menos íntimamente, de su perspicacia).

En cambio, Hakim parpadeaba y movía los ojos de un lado al otro.

—Es un sueño —murmuró Jamal, para sí.

—Un sueño —repitió Hakim.

—¡Y habiendo tantas personas en el mundo tengo que soñar contigo! —se quejó Jamal.

—Déjame en paz —dijo Hakim, mientras se dedicaba a examinar las oscuras paredes y el techo, que parecía muy alto—. ¿Por qué no desapareces de este estúpido sueño?

Se oyó un gorjeo. El niño Jamal, un poco desorientado, creyó que el sonido provenía del sueño, pero se trataba de las aves cantantes del alba que revoloteaban alrededor de la tienda.

Volvieron a compartir un nuevo sueño: el segundo. En él, Hakim dijo:

—¿Otra vez aquí? ¿Acaso no entiendes que no quiero verte?

Jamal retrocedió hasta desaparecer en la penumbra. «Te odio» alcanzó a decir antes de que los pájaros volvieran a chillar y el sueño se disolviera.

En el tercer sueño, Hakim apareció sentado en el suelo. Juntaba pequeñas piedras y las tiraba contra la alta y oscura pared de la tienda.

Jamal lo observaba desde un rincón:

—Estaba pensando en una cosa.

A Hakim ya no le sorprendió oír la voz de Jamal a sus espaldas:

—¿De modo que ahora piensas? ¡Vaya sorpresa!

—Sí, pienso. ¿Y sabes en qué estaba pensando?

—No me interesa, idiota —dijo Hakim.

—Te lo diré de todas formas. —Jamal se acercó y le dio una patada al manojo de piedras que Hakim había juntado (en el sueño, Jamal podía ser tan valiente como quisiera)—. Me pasa a veces que sueño que estoy haciendo pis. Sueño que me levanto y hago pis. Y después, por la mañana, me despierto mojado.

—Eres un asco.

—Tú di lo que quieras. Pero es verdad. Y seguro que no soy el único.

»Y estaba pensando que, si sueño que hago pis y me meo de verdad, quizá sea así con todo.

—Ajá... ¿y qué tiene de interesante eso, idiota? —Hakim se paró y, desafiante, volvió a juntar las piedras desparramadas.

—Que si te pego aquí, en el sueño, y te lastimo mucho, quizá te despiertes con un ojo negro. O con el labio hinchado y la boca llena de sangre.

Hakim entrecerró los ojos y lo miró fijamente. No dijo nada.

—Porque en el mundo real —siguió diciendo Jamal— no puedo pegarte. Pero aquí, en mi sueño, puedo hacer lo que yo quiera. Hasta matarte podría. Y así dejarías de molestarme para siempre.

—No podrías lastimar a nadie —dijo Hakim—. Ni en sueños. Será mejor que te calmes. No lo voy a repetir.

—No pienso irme. Y verás de lo que soy capaz. —Jamal corrió y lo agarró del cuello.

Hakim cerró los ojos y apretó los dientes.

Y se esfumó.

Durante el cuarto sueño, el niño Hakim hizo una mueca y dijo:

—*Has comprobado que no puedes hacerme nada.*

—*Tendría que poder.*

—*No se puede. ¿O alguna vez has soñado con tu muerte? Dime, idiota: ¿alguna vez has soñado que morías?*

Jamal se quedó pensando. Por unos segundos, ninguno dijo nada.

—*No soñé que me moría, pero casi.*

—*«Casi» no es lo mismo.*

—*Una vez soñé que me caía de una pendiente. Y otra, que me hundía en la arena. Cuando estaba a punto de morir, me despertaba.*

—*¡Lo ves!* —*Hakim se mordió el labio*—. *No se puede.*

—*No es justo. Algo debería poder hacer. Además, no estoy soñando que me muero yo. Es tu muerte la que quiero soñar.*

Jamal lo atacó por la espalda, intentando ahorcarlo con toda la fuerza de su brazo. El sueño se acabó.

El quinto sueño comenzó con Jamal apretando los puños, le rechinaban los dientes.

—*No es justo* —*dijo*—. *Debería ser como con el pis. Yo te mato, y tú no me molestas más.*

—*Yo voy a molestarte todo lo que quiera.* —*Hakim se preparaba para defenderse de otro posible ataque*—. *Hoy, mañana, en el mundo real... en tus estúpidos sueños también.*

Jamal tuvo un escalofrío. Una sensación extraña que, como no supo identificar, descartó.

—*No puedes matarme* —*siguió diciendo Hakim*—. *Lo probarás cientos de veces y no podrás. Entiéndelo, idiota.*

Jamal se abalanzó con todo su odio sobre Hakim: nunca más dejaría que lo llamara idiota o todas esas cosas que siempre le decía.

Forcejearon y, junto con ese sueño vívido y recurrente, se desvanecieron.

—Entonces no funciona —dijo Jamal, levantando los hombros apenas comenzó el sexto sueño—. Puedo hacerme pis y levantarme mojado, pero no puedo asfixiarte y que no despiertes más.

—No.

—¿Y por qué? ¡No es justo!

—No lo sé, idiota, pero he estado pensando y... —Hakim se acercó a Jamal muy despacio—. A ver... déjame probar una cosa. —Se acomodó el turbante, tragó saliva, abrió y cerró las manos varias veces. Calculaba sus próximos movimientos.

Jamal lo observaba sin moverse. No percibía ningún peligro: al fin y al cabo, aquello era un sueño.

Hakim estiró los brazos y le apretó el cuello. Empezó a apretar, poco a poco.

«No desaparezco», se dijo Jamal. «¡No...».

Hakim, que acababa de leerle el pensamiento, apretó hasta que en la oscuridad los dedos le resplandecieron de tan blancos que estaban. Las uñas le dolían, pero él seguía hundiendo sus dedos en el cuello blando de Jamal.

—¿Sabes por qué tú no desapareces? —dijo Hakim, permitiéndose largar una sonrisa traviesa—. Porque el que está soñando soy yo. ¡Y así ha sido siempre, idiota! Y ahora voy a soñar que te mueres, que te mato aquí mismo.

Jamal no supo reaccionar a tiempo. Sintió cómo sus ojos giraban y se le ponían en blanco, y un ardor tibio se le extendía por la entrepierna, las rodillas, los tobillos.

Lo último que vio fue un charco de su propia orina esparciéndose y relumbrando bajo sus pies.

Esa mañana, Hakim despertó con los pies mojados y pegajosos. Y con un molesto y a la vez reconfortante dolor en los nudillos.

—Está bien —alcanzó a pronunciar el visir—. Es hora... de soñar...

Esas fueron sus últimas palabras. Se apagó con un suspiro que emanó un olor ácido, sus ojos permanecieron abiertos. Creo que lo que quiso decir fue que era hora de soñar su propia muerte. Doniazada soltó un hipo y prorrumpió en sollozos; no le soltaba la mano. Me puse de pie y abandoné la alcoba. Creí que no me afectaría: me equivocaba.

Recorrí el palacio con el rey escoltándome y a él escoltándolo sus hombres. Cuando recreo la escena me resulta todo muy absurdo, muy inverosímil. Iba de regreso a mis aposentos y, mientras lo hacía, no podía evitar que me llegaran imágenes de mi niñez, de cuando mi madre todavía vivía y mi padre era mi héroe y me contaba historias como la que ahora yo había elegido para despedirme de él. Sí: se había ido. Acababa de morirse mi padre. No se trataba del visir, ¡era mi padre!

Cuando recobré la conciencia, era yo la que estaba en la cama. No agonizaba, pero en algún punto del trayecto me había desmayado. Después el rey Sahriyar me contaría que había sido él quien había evitado que me desplomara contra el suelo.

—Dulce Sherezade, ¿cómo te sientes?

—Triste.

—¿Cómo de triste?

—No lo sé. Creí que no me afectaría. ¿Doniazada cómo está?

—Aún no ha salido de la alcoba del visir.

—De mi padre.

—De tu padre.

—Creo que estoy bastante triste, pero oír tu voz, mi amado esposo, me hace sentir mejor.

—Eso me hace recordar, dulce Sherezade, la historia del guerrero y la princesa.

—No conozco esa historia.

—¿Quieres oírla?

Sonrió. Esa fue la única vez que invertimos los roles. El rey Sahriyar narró la historia del guerrero y la princesa. Tal vez más adelante la transcriba tal cual me la contó.

1996-2069 Isla Velhice

Regresaré una vez más entre los tuyos; pues pocos hombres
me han visto y ninguno me ha comprendido. Y me olvidarás,
y me reconocerás, y me olvidarás.

El libro de Monelle, **Marcel Schwob**

TIEMPO

Decir que el tiempo es relativo es una obviedad tan grande como este geriátrico que no será enorme pero ocupa, jardín incluido, una manzana entera. Relativo, ¿no? Qué noticia. Para mí, sin embargo, el tiempo es un concepto que no tiene ningún significado. ¿Cómo medir un día cuando se ha vivido una eternidad? ¿Cómo no percibir un mes, un año incluso, lo mismo que un instante? O menos. ¿Puede decirse que hace mucho que tus hijos no vienen a verte cuando la última vez fue hace seis meses?

Muchas veces Uma (o Melody o Almendra), dicen que es la hora de tal o cual cosa: la hora del tentempié (que es cómo lo llaman al café aguado con una pasable tarta de manzana), la hora del recreo, la hora de las visitas. O «ha llegado la hora de», y a mí me dan ganas de responderles: «De morirse, ha llegado la hora de morirse». Es verdad que muchas veces, y sobre todo desde que superé los setenta, fantaseo con que por fin se apaga la luz y me cubre una oscuridad definitiva. La muerte final.

Ya es hora de descansar de este cuerpo, hora de descansar de forma completa también. Que me alcance la «declinante noche» y que mañana no vuelva a salir el sol, no para mí al menos. Ya han sido suficientes vidas, demasiados recuerdos y unos cuantos olvidos. Y las desgracias… ¿no son suficientes las desdichas de una vida como para añadirle las de múltiples vidas anteriores?

A veces, en cambio, pienso en mi breve ciclo junto a mi madre Maribel y me digo que estoy siendo muy egoísta: cuánto anhelé, entonces, que me quedara una semana más. Es difícil concebirme como una sola cuando, en realidad, he sido tantas, tantos. ¿Se puede ser egoísta con una misma? En mi caso, sí. Porque esa Eva, la que apenas vivió trece años, fui yo y a la vez fue otra, así de enmarañado resulta todo cuando me pongo a divagar, a escribir.

Es que, o escribo o me entrego a la rutina de los otros vejetes. Y no quiero ceder, rendirme como se han rendido los demás, que van y vienen por los pasillos, encantados, apurados porque empieza la telenovela de las tres, o porque el muchacho del clima pronto va a anunciar que conviene llevar paraguas, señora, que a la tarde hay 50 % de probabilidades de lluvias, etcétera. Como si alguno saliera alguna vez de Mis Años Felices, como si necesitáramos organizarnos, planificar la semana. Si hay algo que no necesitamos los vejetes es un calendario. Da igual si hoy es martes, domingo o viernes; si es abril, enero o septiembre.

Por eso me digo que no voy a ceder. Que debo atesorar esta mínima victoria que es haber obtenido permiso para escribir a diario, en estos cuadernos que me trajo mi editor, quien además consiguió que me permitieran pasar buena parte del día en la «biblioteca», que no es más que una estancia con cajas viejas en cuyo interior guardan pilas y pilas de papel amarillento, seguramente mordido y defecado por ratas. ¡Ah, también hay algún que otro libro! Quizá exagero, está bien. Pero una biblioteca no es.

Si Uma es la que mejor me cae es precisamente por eso: no pasa un día sin que me pregunte por mis escritos. Dice haber leído algunas de mis novelas, siempre me menciona la primera:

Relatos sin tiempo de Eva Ki, y se interesa por esto que estoy escribiendo ahora. La semana pasada me pidió que le leyera un *cachito*. Así me dijo: «Léame un cachito, señora Ki». Y como siempre me lo pide y no quería ser antipática, acepté «leerle un cachito».

Además, se me ocurrió que existía la posibilidad de que creyera (tanto ella como los demás) que, de hecho, lo que escribo es un informe pormenorizado de las cosas que pasan a diario en Mis Años Felices. No quiero que me vean como una amenaza. No lo soy. No quiero molestar a nadie. Soy una vieja, ¿qué mal podría hacerles? Tampoco es que aquí nos traten muy mal. Yo diría que, como mucho, recibimos el mismo trato (o destrato) que todo el vejestorio recibe tanto aquí como en Praga, en Nápoles, en Washington, en Pekín.

Me dirán que en China y en todo Oriente veneran a sus mayores. Pues les diré que no tanto. Los viejos molestamos como molesta una porción de tarta rancia en la vidriera de una pastelería. En Oriente se envejece igual y los pasteles viejos no se descartarán, pero bien que los llevan a un cuarto oscuro y apartado para que nadie los vea.

Me estoy yendo por las ramas. El asunto es que Uma me pidió que le leyera, y eso es lo que hice: un cachito de mi «Sueño de las estrellas tambaleantes». Tenía la ilusión de que me ayudaría a darle algún sentido. Al parecer no le gustó, lo único que dijo fue que era muy raro, que más que un sueño parecía una pesadilla, que los sueños eran cuestiones muy personales y que era yo quien tenía que interpretarlo, que lo sentía.

Después le leí las primeras páginas de mi vida con mi madre Maribel. Yo leía y ella me escuchaba con una sonrisa y asintiendo con la cabeza. Ahora me pongo a escribir con la sensación de que Uma va a leerlo.

Si voy a volver a escribir de mi madre Maribel, tal vez lo mejor sea contar cuando, en esta vida, decidí ir a visitarla.

Hacía treinta y seis años que no sabía nada de ella. Sí: yo tenía treinta y seis, toda una mujer ya. Ella tenía sesenta y ocho.

Viajé a Buenos Aires nada más cobrar el anticipo por los derechos de mi primera novela: *Relatos sin tiempo de Eva Ki*. Mi madre Maribel seguía viviendo en la misma casa que alquiló conmigo hacía treinta y seis años.

Cambié los euros por pesos argentinos y me hospedé en un hotel barato del centro. El único que podía pagar. Alquilé un coche y fui a la casa de mi madre Maribel. El primer día la vi sacar la basura, aunque estaba oscuro y no estoy segura de que fuera ella. Era una mujer de edad avanzada, así que deduje que sí. Al segundo día, nada de nada, ni se asomó. Y eso que estuve sentada en el coche desde el mediodía hasta pasadas las diez.

No tuve suerte sino hasta el tercer día: salió de su casa (de nuestra casa) a las once, con una cartera que era la misma que tenía cuando me llevó a Necochea, la negra con rombos plateados. Si no era la misma, era muy parecida. Decidí seguirla a pie. Bajé del coche y caminamos despacio por la calle Charcas, ella unos diez metros por delante. Tenía sesenta y ocho años, sus pasos eran pesados y despreocupados a la vez. Se trataba de una señora mayor, y aun así era siete años más joven de lo que yo soy ahora. Menos vieja, mejor dicho.

Yo no había planeado cómo sería ese encuentro, no había imaginado lo que sucedería después de mi salida del aeropuerto. Por mí estaba bien así: podía pasarme el día entero caminando detrás de ella. Observándola, imaginándola.

Llegó a una esquina y la perdí de vista. No me apuré. Seguí con paso tranquilo. ¿A dónde iba a irse? Llegué yo también a la esquina y comprobé que había doblado y que acababa de cruzar la calle en dirección a una plaza que luego descubriría que se llama Plaza Guadalupe.

Rodeé la plaza y volví por el camino que serpenteaba hasta una pequeña fuente de agua. Vi que mi madre Maribel (y ya empezaba a sentirme ridícula por seguir pensando en ella así) se sentaba en uno de los bancos desocupados, en el corazón de la plaza. El suelo era de polvo de ladrillo, los álamos cubrían con su sombra prácticamente todo, no había mucha gente: apenas un señor que paseaba un asustadizo caniche negro, una pareja de adolescentes tomados de la mano, alguien que leía un periódico.

Sin pensarlo demasiado (ya he dicho que no sabía qué haría), caminé hacia el banco y me senté a su lado.

—Buenos días —murmuró ella con gesto de hacerme sitio para que me sentara. No me miró.

—Buenos días —respondí. Y tuve que esforzarme para no arrojarme encima de ella y darle ese abrazo postergado durante treinta y seis años. El corazón me golpeaba tan fuerte que creí que me atravesaría el pecho y se pondría a dar brincos sobre el suelo anaranjado.

Logré mantener la compostura, aunque las manos me sudaban y me temblaban a la vez. Ahora mismo lo escribo y puedo oír el golpeteo de mi viejo corazón: casi que me duele, no miento.

La cartera era muy parecida a la de hacía treinta y seis años, solo que no eran rombos los que brillaban en la solapa, sino pequeños remaches plateados con forma de corazones. Sin duda, se trataba de una cartera nueva.

En ningún momento me miró. Yo, en cambio, la miraba de reojo, no quería que se sintiera observada. No había volado más de diez mil kilómetros para que creyera que una desconocida, que venía siguiendo sus pasos hacía más de diez calles, la acechaba.

Su perfume se confundía con el olor dulzón de la cartera nueva y con el del césped recién cortado, pero todavía podía percibirse su aroma de siempre. La oí suspirar. Tenía los ojos al frente, pero creí adivinar que, en realidad, miraba algo que estaba más allá de la plaza, algo que estaba en su cabeza. Tal vez pensaba en su hija, en la Eva Ki de hacía treinta y seis años, en su último viaje a Necochea, o en la vez que cantaban y bailaban sobre el suelo llovido de la habitación.

Después razoné que lo más probable era que estuviera entregada a otro tipo de cavilaciones, que después de más de tres décadas, seguramente tuviera una nueva vida, nuevas preocupaciones y nuevos anhelos. Eso sería lo mejor: no quería ver a una Maribel aferrada al pasado ni detenida en el tiempo. Eso me dije, aunque no sé si me lo creí.

Volvió a suspirar, entreví también que reprimía una sonrisa. Miré hacia donde lo hacía ella. Al otro lado de la fuente, y más allá de los bancos y del hombre con bigotes que leía insistentemente el periódico, dos niños corrían detrás de una pelota de goma. Tal vez mi madre Maribel miraba en esa dirección.

Su sonrisa se convirtió en una risita tímida, parecida a un hipo, que asomó cuando uno de los nenes pisó la pelota y se cayó de espaldas al suelo. El nene sonreía y mi madre le copiaba la expresión. Desde el suelo, el pequeño miró hacia nuestro banco y saludó levantando la mano. No tendría más de cinco o seis años. Ella le devolvió el saludo y se puso de pie. Todavía sonreía. ¿Ese nene era su nieto? ¿Eran los dos nietos de mi madre Maribel?

Un chico de no más de veinticinco años le hizo un gesto a mi madre para que se acercara, mientras ayudaba al niño a levantarse y le sacudía la espalda. Deduje que era su hijo, mi hermano menor de otra vida. Mi madre preferida se alejaba, se iba sin que nuestras miradas se cruzasen, sin que pudiéramos considerar este momento como un pequeño y secreto reencuentro.

Sin pensar lo que hacía, me levanté y dije:

—El mundo está quieto, somos nosotras las que giramos.

No sé si lo grité o qué, pero lo dije lo suficientemente alto como para que ella lo escuchara. Un indudable santo y seña acababa de brotar de mi boca, como si lo hubiera planeado desde siempre.

Juro que no fue así, solo me salió.

Ella se dio vuelta y me miró por primera vez. Se quedó observándome con una sonrisa que no sé si era la misma de antes, que se empezaba a desvanecer, o si se trataba de una nueva, provocada por lo que acababa de oír.

Le guiñé un ojo y sonreí también. Y sin más, me di la vuelta y volví por donde había venido, con el griterío de los niños, que ya embestían a mi madre favorita, mientras yo giraba sobre un mundo que permanece quieto pero que igual parece sacudirte los pies todo el tiempo.

PUENTE COLGANTE

Los únicos días en que me importa si llueve o no llueve son los jueves. Así que los miércoles me permito prestarle atención al muchacho del clima, que habla todos los días quince minutos antes de las ocho de la noche, cuando el noticiario está a punto de terminar y los vejetes están ansiosos por irse a la cama. Los jueves viene mi editor a visitarme, salvo que llueva, aunque a veces llueve y viene igual.

Se llama Octavio Bloom. Mi editor, no el muchacho del clima, que la verdad no tengo idea de cómo se llama, pero los vejetes seguro que sí. Tiene un aire a un pretendiente que tuve llamado Barceló. El muchacho del clima, no mi editor.

Junto a Octavio (que ya he dicho que es mi editor y no el del clima) trabajamos juntos (no me da vergüenza decirlo) desde hace cuarenta y seis años, cuando publicamos mi primera novela, *Relatos sin tiempo de Eva Ki*. Es cuatro años menor. No aparenta más de sesenta, si no deja ver las manos. Virginiano, para bien y para mal. Aunque buena parte de nuestras conversaciones giran en torno a mis novelas, puedo asegurar que es un gran amigo. No es mi intención que se perciba como un reproche (es lo único que me falta), pero desde que estoy aquí, nadie me ha visitado tantas veces como él.

Por seguir hablando del tiempo, diré que cuando una comienza a recorrer el frágil puente de la vejez, con destino a la decrepitud (créeme que este período es muy parecido a un endeble puente colgante), los días pasan mucho más rápido. Sé que se suele creer lo contrario, la gente joven piensa que nuestros días se suceden como deberían sucederse los días de una tortuga o de un caracol (o de un elefante), así de parsimoniosos y pausados. Nada más errado. En un parpadeo, llegan los setenta, otro parpadeo y ya son setenta y dos, abro los ojos y ahora setenta y tres.

Lo curioso es que cuando viene a visitarme Octavio, me siento como si el tiempo se detuviera. Y digo que es curioso porque lo habitual es que suceda lo contrario. Que los momentos amenos (y con Octavio lo son), esos pocos instantes donde una disfruta de una buena compañía, vuelen, se esfumen en un chasquido, *chas*, y a otra cosa, mariposa.

Y eso con Octavio no me pasa. Trae alfajores de maicena (perfectos para nuestras dentaduras) y agua de jengibre, y nos sentamos en el jardín y hablamos durante horas; es rarísimo, por eso lo cuento, porque después miro la hora en la pared del salón y veo que su visita no ha durado más de cuarenta minutos en algunos casos, y yo me quedo con la sensación extraña de haber conversado una eternidad. No sé a qué se debe: sin duda, el tiempo y yo somos incompatibles.

Octavio fue quien me trajo los cuadernos en los que escribo esto. Los que ya he completado los guardo bajo el colchón, que así no hay posibilidades de que se pierdan. Son cuadernos de tapa dura marca Triunfante, todos con hojas rayadas y forrados con papel araña, como los que me compraba mi madre Maribel para el colegio. Tres de color amarillo, tres verdes y tres rojos. La idea era escribir en los verdes mis recuerdos con Maribel; en los amarillos, mi vida con el rey niño; en los rojos, mis pasados con mi padre Iruela y mi padre Kuzmin. Pero resultó que terminé mezclando los colores, así que ahora no tiene sentido procurar un método. Tomo el que tengo más a mano y dejo el anterior bajo el colchón, ya se encargarán ellos de acomodarse.

Por lo pronto, mientras espero a que den las 7:45 para saber qué pronóstico me traerá el muchacho del clima, me permito pensar en lo que me pasó el lunes. Lo del desmayo digo. Octavio va a poner el grito en el cielo cuando se entere. «Bebe agua, Eva», me va a decir. «Hidrátate». Y yo le voy a decir que sí, y quizá le cuente el sueño premonitorio, aunque lo más probable es que no le cuente nada y deje que me hable de los proyectos de Umbriel para el año que viene, ¡siempre tiene tantos! Tal vez planifiquemos esa antología que hace muchísimo tiempo nos prometimos publicar y nunca hemos hecho.

No importa si he soñado con la «declinante noche» esperando al otro lado del pasillo. Así como tampoco importa que desee ese final último. Los proyectos son necesarios. Como esto que escribo y que ya dije que no sé a dónde va a ir a parar.

Resulta que hay un 50 % de probabilidades de precipitaciones. Con una sonrisa lo dijo el del clima: «50 %». La gitana Romelia, amiga de mi madre Maribel, con sus artilugios adivinatorios y sus desmañadas lecturas del tarot, era más decente que este falso Barceló.

Aquiles y la Tortuga

Hasta el pasado lunes, y estoy casi segura de haberlo mencionado aquí mismo, no anhelaba otra cosa más que descubrir cuál fue la primera de mis vidas. Esa inquietud me acompaña desde que tengo memoria, si se me permite el juego de palabras. Al punto de convertirse en una obsesión.

Sin embargo, desde el lunes, no pienso demasiado en eso. En un chasquido, perdí interés. *Chas, c'est fini*, y a otra cosa, mariposa. Aunque no fue así de abrupto. En lugar de un chasquido, digamos que fue como la caricia que poco a poco se retira, se desvanece. Porque el lunes vi algunas memorias viejas que, aunque fugaces, me revelaron muchos pasados hasta ahora ocultos.

Entonces, pienso que así como me invadieron esos recuerdos repentinos, pronto volveré a recibir nuevas memorias y, seguramente (me digo), se manifieste de una vez esa vida primigenia que durante tanto tiempo me ha interesado conocer. Por eso, poco a poco, he dejado de obsesionarme con ese asunto. Por eso, pero también porque esa preocupación ha sido reemplazada por una inquietud que, ahora, me resulta más importante: por primera vez me intriga saber lo que ocurrirá en ese futuro. En ese que soñé el mismo lunes, con lo del pasillo y la puerta de la galería abriéndose y ese resplandor que me cegó.

Nunca había soñado una premonición tan próxima. ¿Eso lo he dicho ya? Estoy empezando a pensar que, en este último tiempo, mi cabeza ha ido estropeándose a pasos agigantados. Me está costando mucho trabajo recordar qué fue solo una idea dando vueltas, qué he trasladado a estos cuadernos, qué creo haber dicho y no he dicho y qué he repetido hasta el empacho. Puede que mi estado se haya agravado desde el mismo lunes.

Ya volveré a lo que soñé, que es lo que me mortifica. Ahora quiero dejar asentado un recuerdo: sé que no es el primero, aunque ha de estar cerca. Tampoco es muy significativo, se trata de uno de los pocos ciclos en los que fui hombre. Entretanto, saco partido de las horas de luz que quedan y lo apunto antes de que venga Almendra y me diga lo que me dice siempre: «Llegó la hora de».

En el período que va de 1403 a 1345 antes de nuestra era, mi nombre fue Wang Chao. Fui adivino al servicio de Cheng Tang, primer líder del clan Shang. Me lo sé todo seguido, así que debieron de haber sido un nombre y un cargo honorables. Sé que, en mis manos, un simple hueso de ciervo o el caparazón de una tortuga, se convertían en un instrumento de adivinación. Lo más llamativo no es eso, desde luego: después de tantos siglos, después de tantos milenios, he sido testigo de supersticiones infinitamente más extravagantes, por no decir delirantes.

Lo curioso es que, en esa vida tan primitiva, también estuve vinculada con la escritura: el señor Cheng Tang preguntaba, y yo interpretaba las señales que los huesos exhibían al ponerlos al fuego. Era en esos huesos oraculares donde yo dejaba constancia del trámite adivinatorio. Era yo el encargado de registrar los motivos del ritual y los nombres de los implicados. Recuerdo leer estos sinogramas:

不朽
為了生活
不死

Pero no recuerdo qué significan, a pesar de que era yo quien los escribía. Los pasados se confunden allá, en los arrabales últimos, como se confunden las lenguas, los conceptos, la palabra. Si a estas alturas me cuesta trabajo recordar cosas inmediatas, cómo no se me va a dificultar un recuerdo inédito y remoto como ese. Antes me detenía en estos detalles, creyendo que encontraría en ellos alguna respuesta, la solución al problema de turno. Ahora sé que son recuerdos, nada más.

De toda esa escena, cabe destacar una única cosa. Que en esa vida fui a la vez notario, escribano y augur. ¡Escribía sobre huesos! Y tengo la osadía, ahora, de exigir cuadernos de diferentes colores para cada texto, dónde se ha visto.

Apunto estas palabras ahora, con setenta y tres cansados años (aunque con más de tres milenios en la espalda), y me parece ridículo. Haber vivido tantas vidas y venir a enterarme de que, en prácticamente todas, he sido escritora, que incluso lo fui durante el ciclo que nací hombre, que también en esa remota aldea de Henan estaba a cargo de un tipo de escritura. No termino de entender cómo funciona el mundo, cuál es el hilo que atraviesa toda mi historia, si es que hay uno. *Tiene que haber uno.* ¿Sabré antes de mi próxima muerte cuándo fue la primera vez que nací?

De momento, la línea amarilla se ha corrido unos metros más hacia allá. Mi memoria ha extendido sus fronteras y ahora el horizonte es cada vez más lejano y, por eso, más inasible. Una línea amarilla que ahora se me antoja inalcanzable. Soy

Aquiles corriendo detrás de la tortuga: torpe Aquiles, tan afanoso y ligero, tan necio a la vez.

También soy la tortuga. Vuelvo a pensar en el último sueño premonitorio y no puedo verme de otra forma. Camino por el pasillo, Uma ayudándome a levantarme y yo arrastrando los pies, voy reptando hacia la galería a paso de tortuga, así de arrugada y parsimoniosa, fabulando que existe una posibilidad verdadera de vencer al gran Aquiles, ¿lo creerías? En mi caparazón puede adivinarse el futuro, que es también mi condena: no hay final, solo piedras con las que tropezar infinitamente. Infinitamente.

Infinitamente.

INFORME PSICOLÓGICO
Doctora Uma Noemí Faltsua

Séptima aproximación

21 de abril. La señora Ki ha sufrido una descompensación. Se ha desmayado de pronto y por poco se da de bruces con el suelo. Más allá de unas pequeñas contusiones en las rodillas y un hematoma en el codo, no ha sufrido heridas de gravedad. Además de los análisis clínicos pertinentes, he resuelto incrementar la frecuencia de nuestras entrevistas a dos por semana.

21 de abril por la tarde. Recorte de entrevista.

—¿Por qué decidió llamarse Eva Ki?

—¿Me creería si le dijera que de eso mismo estoy escribiendo?

—De manera que finalmente escribe memorias y no una novela.

Eva Ki levanta los ojos. Es un gesto recurrente en quienes intentan dar con algún recuerdo o alguna idea. También es característico de quienes mienten. Calla. Resopla y me mira. Sonríe, como si la hubiera pillado en falta.

—Escribo ficción.

Eso es lo que dice. Pero empiezo a creer que en realidad no lo ve así. Es prematuro afirmarlo, pero intuyo que Eva Ki cree que aquello que escribe es real.

—¿Quiere hablar acerca de la descompensación de hoy?

—Dicen que tengo que tomar mucha agua.

—Muy cierto. ¿Podría describir lo que sintió?

—Sí, espero poder. Lo haré aquí mismo.

Eva ha abierto su cuaderno y ha hecho una anotación.

—Si no me va a hablar de eso, al menos quisiera leerlo cuando lo escriba.

—No se preocupe, señorita Uma. Lo que me ha pasado no deja de ser un achaque de la vejez, ¿sabe? Nada por lo que valga la pena detenerse. Por eso escribo, porque en mis textos no hay lugar para trivialidades.

—Entonces, el texto en el que está trabajando ahora, donde cuenta los recuerdos de sus vidas pasadas, nada tiene que ver con sus experiencias reales.

—¿Me está tratando de loca? Desde luego que no. Mire si realmente voy a creer que son posibles todos los disparates que me invento. El asunto es que son más interesantes que una vieja cayéndose redonda en el piso porque el cuerpo le empieza a fallar.

Mi experiencia me dice que oculta algo. Su primera reacción ha sido defenderse. Solemos sentirnos atacados cuando se nos pregunta algo que nos incomoda, y nuestra respuesta automática es contraatacar. Es evidente que está escribiendo acerca de una cosa que la abruma o la mortifica.

El resto de la entrevista posee material delicado y podrán consultarlo los autorizados a acceder a su legajo. No es mi propósito exponer a la señora Ki. Solo mencionaré que, luego de efectuar el índice de Barthel (IB) y el Diagnóstico de Depresión Geriátrica de Yesavage, no quedan dudas de que la señora Ki no está en plena disposición de sus facultades cognitivas.

Algo le sucede y ese algo está ligado al texto que escribe y al episodio de esta mañana. Me ha llamado «Emma» en dos ocasiones y no se ha dado cuenta. No es arriesgado afirmar que atraviesa la primera etapa del trastorno neurocognitivo mayor, vulgarmente conocido como «demencia senil».

Debemos prepararnos para afrontar más episodios como el de hoy.

465-498 Persia

¿Quién será el que, en las edades venideras, al sentir los males que le habré legado, no maldecirá mi memoria?

El paraíso perdido, John Milton

HISTORIA DEL GUERRERO

Y LA PRINCESA

Recuerdo el relato que me contó Sahriyar como si me lo hubiera narrado ayer. Fue en la noche que murió mi padre. Mientras preparaban la ceremonia sepulcral, el rey niño me contó lo siguiente:

—Entonces, la princesa Azhar se dio cuenta de que estaba perdidamente enamorada de Farid, el valiente guerrero.

—Perdón, mi rey —dije con voz suave—: ¿estás comenzando el relato con un «entonces»?

—Sí, dulce Sherezade. Como lo has oído.

—Me interesa mucho la historia que estás a punto de contarme, pero me tienes un poco desorientada. Si hay un «entonces», tiene que haber alguna otra cosa antes. Sabrás, mi rey, que el «entonces» suele ser la consecuencia de algo, el resultado.

Mi rey niño comenzaba su historia con un recurso que hoy todos conocemos como *in medias res*. Por entonces, no era nada habitual. Yo le había contado más de setecientas historias y no lo había usado ni una sola vez. Era divertido. El asunto hacía que me olvidara de mi padre muerto.

—Pues no siempre —respondió, como si hubiera estado esperando mi planteamiento y tuviera la respuesta preparada—.

Y te daré la justificación de ese inusual comienzo, dulce Sherezade. Me has contado más de setecientas historias, ¿es así?

—Cierto.

—Todas y cada una de ellas desprovistas de sus desenlaces, que no me relatabas sino hasta la noche siguiente, ¿cierto?

—Muy cierto.

—Pues bien: en esta ocasión, te privaré del comienzo verdadero. Avanzaré con el relato a pesar de que tu deseo será que retroceda, que vuelva sobre mis pasos.

Sé que sonreí porque él también sonrió.

—¿Dices que mañana me contarás el principio?

—Eso dependerá de lo que suceda. Si mañana es mañana, como suele suceder, entonces serás tú la que me cuente una historia. Recuerda que me debes un final: aún no sé qué ocurrirá con los esclavos que Dalila pretende venderle al gobernador.

—Es cierto, mi rey. Te debo el final de esa historia.

—Pero si, mágicamente, en lugar de un mañana nos arriba un ayer, no tendré más remedio que contar lo que ocurrió antes del «entonces», el principio. Avanzaremos o retrocederemos, según el designio de Alá, el Todopoderoso.

Por primera vez veía a mi amado rey niño participando en el juego. Durante más de setecientas noches había sido oyente y espectador de mis relatos. Ahora era el protagonista. Más que la princesa Azhar y el guerrero Farid.

—*Entonces* —volvió a decir—, la princesa Azhar amaba perdidamente al valiente guerrero Farid. Esto que cuento ocurrió hace tantos años que no queda memoria escrita. Tres más y yo la oímos de un brujo y prometimos no contarla jamás. Ahora el brujo ha muerto, y me siento libre de relatártela.

Aplaudí de la emoción: la historia tardaba en comenzar pero, tratándose de su primera vez, estaba más que bien. Mis aplausos fueron genuinos: se le notaba en el rostro el empeño que estaba poniendo por salir airoso. Prosiguió:

—El guerrero había prometido esposarse con la princesa, y el rey había aprobado la boda. Esta se llevaría a cabo cuando el guerrero regresara de la batalla que libraban hacía años con un pueblo vecino.

»Pasaron los meses y también los años, y a oídos de la princesa llegó una trágica noticia: su prometido había muerto en batalla. La princesa Azhar, y ya lo detallaré al llegar al comienzo de esta historia, cada dos meses recibía correspondencia de su amado Farid, y habían pasado casi noventa días desde la última misiva, de modo que, al oír la noticia, la princesa no pudo evitar desmayarse.

»Hundida en un terrible dolor, la princesa Azhar pasó diez días sin comer ni beber agua, razón por la cual cayó enferma. No bastaron los paños de agua fría con los que sus súbditos le humedecían los labios por las noches, así como no fueron útiles las sugerencias que el médico real le daba al rey, ocupado por entonces en la batalla que le había quitado la vida al guerrero Farid. Sin más, una noche entre las noches, la princesa Azhar murió de tristeza.

»Sin embargo, apenas dos días después de la muerte de la princesa, su prometido regresó triunfante, dado que habían conseguido apoderarse de la ciudad que les había demandado más de dos años de agotador asedio. La noticia estaba lejos de ser cierta: Farid no había recibido más que algunos cortes en los brazos y unos rasguños en la pierna derecha, después de que su caballo se rompiera una pata.

Recuerdo que enarqué las cejas, del mismo modo que él lo había hecho la vez que le había contado una historia donde los personajes montaban caballos en lugar de camellos. Pero no dije nada, no quise interrumpirlo.

—Al enterarse de la muerte de su amada —siguió Sahri-yar—, el guerrero derramó mil y una lágrimas, lágrimas que eran de culpa y de tristeza. Cuando sus ojos se secaron, declaró que él y ningún otro se encargaría de construir la tumba de su amada princesa.

»Fueron necesarios más de veinte mil esclavos para abrir una enorme grieta, ancha y larga como un arroyo y profunda como el océano. Una vez que la grieta estuvo terminada, el guerrero se sumió en ella cargando con el cuerpo de su amada, sin más ayuda que sus manos y, al llegar al fondo del abismo, apoyó el cuerpo de la princesa y le besó los párpados y la frente, como era la costumbre. No descansó.

»Al darse cuenta de que no podría volver a separarse de ella, pronunció las palabras que repetiré al llegar al comienzo del relato. Luego abrazó a Azhar y se durmió a su lado. Cuando las paredes de la grieta comenzaron a juntarse, el guerrero se aferró muy fuerte a su amada princesa y dejó que la grieta se cerrara en un último y definitivo abrazo.

»Cada cierta cantidad de tiempo, que suele ser siete años, la grieta se despliega en todo su esplendor y los amantes despiertan y cumplen su promesa de amor eterno: se extienden y se desperezan hasta que advierten que duermen juntos. Entonces, vuelven a abrazarse. El guerrero llora otras mil y una lágrimas y lanza un ensordecedor rugido de dolor, luego vuelve a besarle los párpados y la frente. Y, bajo la luz de la luna, son testigos de un cielo en el que las estrellas danzan y se mecen, hasta que la grieta vuelve a celebrar su amor con un abrazo que durará otros siete años.

El rey Sahriyar hizo silencio. Perduraba en mí la imagen del guerrero y la princesa, abrazados infinitamente. No pude decir nada. Y me eché a llorar. No sé si por la historia que acababa de oír o por la voluntad que había puesto mi rey en contarla, aunque tal vez fue porque recordé que mi padre acababa de morir y que mi hermana lo sufría mucho.

—Ha sido una historia hermosa —dije como pude.

—Esa y no otra —dijo llevándose la mano al mentón— es la razón por la que hay lugares donde la tierra se sacude y se desplaza. Algún día viajaremos, dulce Sherezade, y quizá tengamos suerte y presenciemos un terremoto. Y experimentaremos el amor que aún conservan el guerrero y la princesa.

—Ese amor, mi querido rey, es idéntico al que siento por ti.

—No importa si mañana deviene en mañana o en ayer, no importa quién cuente la próxima historia. Lo único que me importa, dulce Sherezade, es saber que la eternidad será como hoy: contigo a mi lado.

Mi hermana Doniazada tardó en recuperarse de la pérdida. Pero al cabo de unos meses, pudo superarlo. Eso es todo lo que diré de ella: escribí la palabra *hermana* y recuerdo que ya he dicho (creo) que no quiero hablar aquí de ninguno de mis hermanos, así como vengo procurando no dejarme llevar por los recuerdos de algunos de mis hijos.

Durante esa vida tendría muchos sueños premonitorios, que todavía no sabía que eran tales. Uno de ellos fue ese en el que me soñaba jugando con mi amiga Serilda. Otro fue el sueño que luego llegaría a llamar «El sueño de las estrellas tambaleantes», que no estoy segura de haberlo contado, creo que sí. En fin… no tiene sentido rememorarlo, de todas formas.

Por aquel entonces tampoco sabía que antes de mi vida junto al rey niño había vivido otras vidas. Fue justo el lunes cuando supe, entre tantas memorias nuevas que me acometieron, lo de mi ciclo al servicio del señor Cheng Tang. Sin duda, mis años en Persia puntúan entre los mejores. Porque ignoraba mis vidas anteriores, porque desestimaba lo que soñaba. Porque en ella conocí al rey niño, a quien amé y por quien haría que temblara la tierra si pudiera.

Por cierto. Como suele suceder, la noche siguiente fue como todas las demás. Y dado que era mañana y no ayer, fui yo la que prosiguió con su historia. Jamás supe el verdadero comienzo de la terrible pero romántica historia de la princesa y el guerrero.

1671-1692 Salem

Que el tiempo me haga otro favor y se detenga por completo en este glorioso momento para que pueda disfrutarlo para siempre.

En algún lugar del tiempo, Richard Matheson

POEMA

Confieso que llegué a considerar la idea de que Tituba tenía algo que ver con los achaques de las hermanas Parris y de las demás atacadas. En la aldea insistían de tal manera que casi me convencí de que era culpable. La única que no dudó un solo instante fue Elisabeth.

—Ahora empezarás tú con esas tonterías —me dijo con una voz que sonó como un cristal que se rompe.

Lavábamos ropa a orillas del río. En el mismo lugar donde hacía poco más de tres años la había visto por primera vez.

—No es que lo crea... —dije yo. Y no supe decir nada más. Era cierto: o lo creía o no, no había término medio.

—Esto es más grande que tú y yo, Margaret. —Se sopló el cabello de la cara—. Más grande que Tituba también: si permitimos que sigan adelante con esta farsa, no pasará mucho tiempo para que vengan a por todas las demás.

Tenía razón. Elisabeth *siempre* tenía razón. Si no fuera un chiste de muy mal gusto, diría que un poco bruja era. Por aquel entonces no se hablaba de otra cosa. Nuestro único tema de conversación, desde la noche anterior, era Tituba, esclava al servicio del reverendo Samuel Parris. La insidiosa Tituba. La pobre Tituba. La bruja Tituba, que había hechizado a las hermanas Parris y quién sabe a cuántos más, con algo de la brujería procurada en sus años en Barbados.

Elisabeth fregaba las mangas de la camisola que yo misma le había zurcido, yo frotaba contra una piedra los puños de mi vestido cuando vimos que Jamie y Jack Conklin (hermanos o hermanastros, nadie podía asegurarlo) acarreaban a Tituba, que se sacudía y gritaba más por costumbre que por intentar soltarse. Sin duda, venían desde la casa del reverendo Parris, donde trabajaba hacía años. Sin duda, la llevaban a la congregación.

Elisabeth me hizo un gesto con la cabeza, al mismo tiempo que se secaba las manos en el delantal.

—No, Eli —dije, imaginando que lo siguiente que Elisabeth haría sería correr hacia ellos, que les exigiría que dejasen en paz a la pobre esclava. Y eso exactamente fue lo que pasó: saltó frente a mí y, en un chasquido (*chas*), ya se había puesto de pie, ya pasaba junto a mí y su vestido ya me rozaba la cara. Cuando miré en dirección a los hermanos Conklin, Elisabeth ya estaba parada frente a Jamie, haciendo toda clase de gestos y ademanes.

No lo había soñado. No se trataba de una premonición. Sin embargo, tenía la certeza de que algo malo ocurriría, que este y no otro era el inicio. Por eso fui tras ella y, cuando logré despegársela a los Conklin (que se reían con sus bocas podridas), la traje otra vez a la orilla.

—Deberíais saborear el aire que os queda —fue Jack el que habló, sin dejar de sonreír— y hacer esas cosas que hacéis vosotras.

El otro sujetaba de las muñecas a Tituba, ahora extendida dócilmente a sus pies. Jamie nos miró, levantó el mentón y dijo:

—Deberíais iros. —Las aletas de la nariz grandes, el labio levantado—. Iros. ¡Más os vale iros!

Agarré a Elisabeth de los hombros. Los Conklin se iban y mi único propósito en ese momento era calmarla, convencerla:

que no conocíamos muy bien a Tituba, que no era nuestra amiga, que no tenía sentido ponernos en peligro por alguien a quien apenas conocíamos.

No me hizo caso. Elisabeth había exhibido contra los Conklin apenas una fracción de su furia. Una amenaza no la sosegaría, sino todo lo contrario. No se detendría aun sabiendo que detrás de ese par de torpes estaba el reverendo Parris y toda la congregación, todo Salem probablemente, desde la ensenada hasta Palmer Cove.

Entendí que debía demostrarle que, al menos yo (tal vez nadie más que yo), estaba de su lado. Que seríamos nosotras dos contra todos los demás. Que era eso o alejarme. De su vida. Para siempre. No había término medio con Elisabeth.

Por eso, por la noche, fui a su casa aunque no habíamos quedado en vernos. Porque quería que supiera que yo la apoyaría. Que la pobre Tituba no me importaba gran cosa, pero que ella, Elisabeth, tonta Elisa, amada Elisa mía, era lo más preciado, lo único por lo que daría la vida.

Todas esas cosas dije ya en su casa. Lo creía al decirlo, de manera que ella también lo creyó. Esa sería nuestra última noche juntas. Después, sucedería lo que todos conocen. Un juicio que duró lo que dura un suspiro, Tituba confesando todo y cuanto se les antojó encasquetarle. Elisabeth injuriando a toda la aldea, uno por uno, desde Parris y los torpes Conklin, hasta la familia Matheson y el viejo Wilcock. Yo dándole mi apoyo, pero procurando que la situación no desbordase. Tituba, sin más, siendo condenada a la horca, sentencia que se haría efectiva esa misma tarde en la pendiente de Gallows Hill. Sí: en un chasquido, ya tenían fecha y lugar. *Chas, passons à autre chose.*

Y la mañana siguiente, mientras yo me escondía en la sucia carreta de las verduras, los hermanos Conklin cumplían lo que habían prometido la tarde anterior: iban por mí y por

Elisabeth, y otra vez la cuerda, el forcejeo inútil, el silencio. Y al diablo las promesas y el amor eterno. Adiós, Salem. Adiós, mi amada y tonta Elisa.

Pero antes de eso, Elisabeth y yo tuvimos una última noche, y eso es lo que quiero contar ahora, recordar ese encuentro final con una de las personas que más amé.

Preparé lubina asada con crema de calabazas, que era el plato preferido de Elisabeth y hacía tiempo que me lo reclamaba. Pasamos gran parte de la noche evitando hablar de Tituba. Tal vez por eso fue una noche silenciosa. Íntima y callada fue. Que la cena resultara deliciosa, debo decir, tuvo que ver con que mantuviéramos la boca ocupada.

Teníamos un acuerdo que cumplíamos a rajatabla: una cocinaba, la otra limpiaba los cacharros. Si cocinábamos las dos, lavábamos las dos. Pero esta vez, lo rompí. No permití que se levantara. Le propuse que cortara media manzana para cada una; yo me encargaría de los platos.

La abandonaría en menos de veinticuatro horas, sin premeditarlo, sin considerar posible una infamia semejante. Pero ya cada uno de los detalles de esa noche prefiguraban la inminente deslealtad. Yo no sabía que la traicionaría, sin embargo todo lo que hice esa noche fue para que me perdonara, el pago anticipado de una deuda que entraría en vigencia al día siguiente.

Por eso la cena especial, por eso fui yo quien lavó, por eso había ido a su casa. Eso lo entiendo ahora. En ese momento, solo quería que pasáramos una noche perfecta. Por eso comencé a recitar el poema de Shakespeare que ella me había hecho memorizar como parte de un juego.

—Duda que las estrellas ardan —dije, y mordí mi media manzana.

—Duda que el sol se mueva —dijo ella.

—Considera toda verdad sospechosa.

—Mas no dudes de mi amor.

Eso lo dijimos a la vez, mirándonos a los ojos. Me senté a su lado y la abracé. Ella apoyó la cabeza en mi hombro. Podía escucharla masticar la manzana.

—Quisiera ser capaz de escribir cosas así de preciosas.

—Tú escribes muy bello —dije sin un ápice de mentira: adoraba que me leyera sus poemas.

—Nadie escribe tan bello como Shakespeare.

Retiró la cabeza de mi hombro y dejó el cabo de la manzana sobre la mesa. Se fue y volvió con una hoja que llevaba manuscrita su inconfundible (e indescifrable) letra.

—¿Quieres que te lea?

—Desde luego.

Me leyó un poema que no recuerdo. Es verdad que escribía cosas muy bellas (o muy crueles), es verdad que sus poemas eran tan honestos y apasionados que podía percibirse el palpitar de su corazón en cada palabra. Es verdad también que, esa noche, sus labios captaron toda mi atención. Por eso tengo el recuerdo minucioso de todos sus gestos, de las miradas que me lanzó y de cuántas veces parpadeó entre cada una de ellas, y no del poema. Sé que terminaba así:

And without saying
what she had decided to say,
said no longer feel pain.
Said she didn't feel
anything else.

Y sin decir
lo que había decidido decir,
dijo ya no sentir dolor.

Dijo ya no sentir
nada más.

—Te amo —dije—. Te amo mucho, Elisa.

Me sacó la lengua y se tiró encima de mí.

—Si me amas, entonces no debes reírte.

Me hizo cosquillas por todo el cuerpo y no pude, como no había podido cada vez que lo hacía, demostrarle en silencio cuánto la amaba.

1996-2069 Isla Velhice

Aun en medio de su delirio quiere aludir a los pensamientos que agitan, y a sus memorias tristes.

Hamlet, **William Shakespeare**

MARGARITA

Es Elisabeth y a la vez no. Se acerca, me dice: «Es la hora, Margarita. Te perdono. Y te amo».

Me quedé dormida recordándola y he soñado eso. ¿Lo he soñado? No estoy segura. Habrán sido unos segundos. De un tiempo a esta parte, he adquirido la patética habilidad de dormirme durante unos segundos y que ese minúsculo descanso sea más que suficiente. Así que puede ser que lo haya soñado. Pero ¿cómo saber si lo he soñado despierta o si lo he soñado dormida? Y si de verdad lo he soñado, ¿ha sido un sueño premonitorio o uno común y corriente?

«Te perdono. Y te amo».

¿Volveré a encontrarme, tal vez en la siguiente vida o en la otra, con Elisabeth? No, claro que no. Nunca me ha pasado algo así, y si concibo que sea siquiera posible, se debe a que estoy vieja y achacosa. Desvarío. Un único reencuentro concreté y fue con mi madre Maribel, que estaba todavía viva y nunca se enteró.

No, claro que no. No ha sido Elisabeth la que me ha hablado en sueños casi cuatrocientos años después de nuestra última noche. He sido yo misma, esta cabeza vieja que se inventa un perdón que nunca ha tenido y que no merezco, por mucho que pasen los años. Hay perdones que se obtienen solo a fuerza de olvido. Así que mejor dejar de pensar en aquello si quiero perdonarme alguna vez.

La vejez. Ella tiene la culpa. Por ella ahora no puedo dejar de pensar. ¿Qué otra cosa voy a hacer aquí adentro? Sí, claro, escribir, pero escribo y me acuerdo, me pongo a pensar otra vez en eso y es un círculo del que no puedo salir, un laberinto. Mejor desviar la atención hacia otras vidas, al menos hasta que se diluya ese sueño, que me ha dejado perpleja.

Una vez recorrí todo Bagdad, hacia arriba y abajo del Tigris, en busca de un tratado de Hafez Al-Jayam. Iba yo de tienda en tienda, detrás de cada mercader (o traficante, no me importaba), procurando hallar ese códice que tanto me atraía. Un séquito de seis hombres iba detrás de mí: decían protegerme, pero no hacían más que vigilarme. Eran los hombres del rey niño, claro.

Nunca encontré ese manuscrito. Al cabo de un tiempo se empezó a decir que todas las copias habían ido a parar al fuego y que habían decapitado a los escribas responsables de que su contenido se propagara. En esa época, los escribas eran esclavos al servicio de hombres poderosos así que, como siempre, pagaron justos por pecadores. Los verdaderos responsables siguieron haciendo de las suyas.

Tanto busqué ese manuscrito y no caí en la cuenta de que no tenía más que volver a arrastrar el sillón de terciopelo hasta la biblioteca y tomarlo de entre los libros prohibidos que mi padre Iruela guardaba en el estante más alto. No sé si lo he dicho, pero él es uno de mis padres favoritos. Por eso me llamo Eva Ki. La *i* es por él. ¿Lo he mencionado? Eva me lo puse por mi vida preferida, que fue la que viví con... con mi madre Maribel.

Una vez nací el 20 de enero... de 1983. Según mi madre, ese día... ese jueves fue el día más caluroso. Del año. Me llamaba... me llamaba Eva Ki.

Eva Ki... Bagdad... Iruela...

Pero... estoy confundiendo las cosas. Porque... qué tonta, esta cabeza, esta cabecita. Cuando buscaba ese manuscrito, que fue en Bagdad, creo, o en El Cairo, allá por el año 490, sí: 490, lo recuerdo bien, fue mucho antes de mi vida con mi padre don José Iruela. Sí, así se llamaba: José Iruela. Estoy segura. Fue mucho antes. Tuvo que... Me está dando jaqueca. Fue después lo de mi padre Iruela. Eso quiero decir. Primero lo de Bagdad y el rey niño y el manuscrito. Después lo de mi padre Iruela. Después lo de mi madre Maribel. Después.

Esta cabeza. Me va a estallar. Mejor descansar: esta noche debo estar lúcida, que será la noche setecientas y le tengo prometida al rey niño una historia de ladrones, de desiertos, de naves, de dos hombres que sueñan con un tesoro. La noche setecientas. Pero... no sé...

No sé.

Releo y releo esto último y no entiendo qué pasó. Lo entiendo, desde luego, pero me cuesta aceptarlo: que ya no voy a poder escribir, que la decrepitud ha irrumpido con todas sus miserias y que pronto ya no voy a saber qué fue real, qué vida es la que estoy viviendo, dónde estoy y hasta cómo me llamo. Me aterra la idea.

Lo último a lo que me aferro en esta vida es a mis pensamientos, a mis recuerdos, que otra cosa no me queda y apenas puedo caminar. Es espantosa la certeza de que en breve los recuerdos se me van a deshacer en las manos y que, para entonces, tal vez ya ni reconozca esas manos como propias. No exagero: lo he vivido, es espeluznante.

Necesito a la vez descansar, a la vez aprovechar lo poco que me quede de lucidez. Por sobre todas las cosas, necesito dejar registradas algunas circunstancias vividas, unos homenajes últimos.

Un adiós para cada uno, antes de que venga Uma y me pida que le lea y ya no sepa quién es esa chica que me habla, qué hago en este geriátrico y qué hacen este cuaderno verde y este bolígrafo en mis manos.

Olvidarse es morir antes de tiempo. No me vienen bien esas impuntualidades.

ADIÓS, IRUELA

Escribo ligero, ya habrá tiempo de hacer correcciones. Mi padre Iruela murió a los sesenta y un años. Yo tenía treinta y cuatro. Se lo llevó un cáncer fulminante, del mismo modo que un cáncer se había llevado a su padre, mi abuelo, y a su abuelo, mi bisabuelo. Ese sería el legado Iruela: doce años después yo recibiría el mismo diagnóstico. Tenía cuarenta y seis años. Me sobrevivió Leonor Ferrara, mi madre.

Sabía que esa vida se me acababa. Sabía que debía perpetuar, de alguna manera, la memoria de uno de mis padres favoritos. Por eso me gasté los ahorros de una vida en el alquiler de una caja de seguridad. Necesitaba conservar esos libros prohibidos.

Los dos paquetes de cigarrillos que mi papá fumaba a diario no ayudaron, pero no fueron la causa de su enfermedad. Una vez un doctor le dijo que esas cosas pasaban, independientemente del estado de salud y los cuidados que hubiera llevado en vida. Culpa de la genética. Entonces, mi papá se encendió un cigarrillo. Estaba permitido fumar en todas partes, así que el doctor no le dijo nada. Encendió su pipa y fumaron, mientras cruzaron algunas opiniones de un tal Báez, torero que, aparentemente, se había muerto hacía unas semanas.

Un día, otro doctor le dijo que le quedaba un mes de vida, dos como mucho, que aprovechara el tiempo al máximo. Entonces, mi papá se encendió un cigarrillo. Esa semana fuimos al zoológico, que era una salida que hacíamos siempre, al menos una o dos veces al año, desde hacía tres décadas. Así que repetimos.

Por entonces, mi madre Leonor Ferrara se pasaba el tiempo llorando. No salía de su casa y lloraba y lloraba. La invitamos, un poco por obligación. Dijo que no pensaba acercarse a ese lugar apestoso, con tanto olor a excrementos y pelo sucio, que nada bien le hace a la gente sana y mucho peor a un moribundo. Se puso a llorar otra vez. Así que éramos solo él y yo. Para variar. Compramos helado. Él siempre pedía de chocolate. Yo, de vainilla. Esta vez cambió:

—Hoy voy a ser más audaz —dijo, y pidió un *banana split*, que en los años veinte era toda una novedad. Yo seguí con la vainilla. Al probar el *banana split*, me arrepentí, claro.

Éramos dos adultos tomando helado y caminando de la mano por los pasillos verdes del zoo. Los zoológicos no eran víctimas de las operaciones de desprestigio que sufren hoy. Estaba permitido fumar incluso. Así que fuimos, le dimos de comer al elefante, a la jirafa, al hipopótamo. Era verdad lo del olor, pero nos importaba muy poco. Afuera no es que oliera tan bien. Mi papá fumaba y fumaba. Tampoco había campañas en contra del tabaco. El paseo por La Casa de Fieras duró unas seis horas. Caminábamos lento.

—Había —dijo al llegar a un banco que acababa de desocuparse.

Lo miré y encontré en sus ojos húmedos al mismo que hacía décadas leía sentado en su silla de terciopelo verde, mientras yo trataba de leer todos los libros de su biblioteca para que viera que su hija aspiraba a ser tan inteligente como él. El mismo que, cuando se cortaba la luz, me sentaba sobre sus piernas y decía: «No pasa nada, peque», y en la oscuridad, proponía juegos para que yo no tuviera miedo.

—Había dos —dije.

Me miró. Entrecerró los ojos como si estuviéramos jugando al ajedrez o a algo que requiriera demasiada concentración.

—Había dos locos.

—Había dos locos que.

—Había dos locos que se.

—Había dos locos que se...

No pude decir nada. Se me ocurrió: «Dos locos que se querían, que se extrañarían». Me tuve que esforzar mucho para no quebrarme.

—Había dos locos que se... ¡reían! —dijo eso y comenzó a hacerme cosquillas con sus manos de papel.

Ese es uno de los últimos recuerdos que tengo de mi padre Iruela. En realidad, es el que elijo conservar. Porque los últimos *últimos* fueron muchos y muy duros, preferiría olvidarlos para siempre. Dónde está la senilidad cuando una la necesita.

Murió el 15 de agosto de 1926. Ese año empecé a fumar yo también. Los mismos Chesterfield que durante más de tres décadas se metían en mis pulmones (sin que supiéramos que lo hacían), cada vez que compartíamos tardes de lectura, en el estudio de mi padre.

El mismo diagnóstico que recibió mi padre, y su padre y el padre de su padre, debí escuchar yo un día del año 1938. Era mi destino morirme como se había muerto mi padre Iruela. Pero yo había visto cómo se había ido. Y decidí que yo me marcharía a mi manera.

No quiero ser aguafiestas, pero estoy cansada. Espero retomar luego.

Tú no tienes más que saltearte unos renglones, y ya estás frente a estas palabras, que en realidad las escribo cuatro horas después. En el medio, he almorzado (aunque no tenía apetito), he estirado las piernas y hasta he visto un poco la televisión. Se me ocurrió que tal vez me ayudara aumentar la cantidad de estímulos. Y aquí estoy: ya sé que no va a llover, que la temperatura máxima de mañana será de 25 grados, que María de los Ángeles, la protagonista de *Mujeres de ensueño*, está embarazada del hijo de la malvada señora Esther González Anduaga.

Cada vez que me siento a escribir, me aterra no poder hacerlo. No quiero volver a mezclar las vidas. Una ensalada, como ayer. Por eso también he caminado unos diez minutos después de comer, para oxigenar el cerebro, que si no lo aireo se me asfixia y la cabeza es un lío.

Estaba en que acababa de cumplir cuarenta y seis años y había recibido la noticia de que no llegaría a los cuarenta y siete. Así que decidí que era hora de organizarme. Abrí la caja de seguridad, guardé los libros prohibidos, escondí la llave en algún lugar de los túneles de Bonaparte, eso estoy segura de haberlo contado en *Les livres interdits d'Eva Ki*, y el mismo día viajé en autobús hasta Alicante.

El viaje duró cinco horas. Estuve en Alicante menos de la mitad de ese tiempo. ¡Menudo debut en la ciudad de la luz! Ese fue mi último día. Aunque para mí, el término «último» no tiene el sentido que tiene en la vida de todos los demás. En mi caso, «último» significa reanudación, apagarse y volver a prenderse, como las velas mágicas de los cumpleaños.

Por eso no tiene ningún mérito lo que voy a contar, que mejor lo resumo antes de que me olvide y empiece a decir disparates.

Alicante. 1938. Josefina Iruela, hija de José Iruela y Leonor Ferrara. Esos son los datos que debo retener si no quiero desvariar. Alicante, 1938. Mi último día, que ya dije que no era tal. Fui a una heladería y compré helado: *banana split* y vainilla. Me lo comí mientras caminaba por el espigón. Si tenía sabor, yo no lo sentí.

Fui y volví unas tres o cuatro veces hasta que encontré el lugar perfecto. El Mediterráneo abajo, calculé que a unos 500 metros, agitado y vivaz. Como siempre, la memoria se desdibuja en ese punto. Entonces, siento el viento frío y húmedo en la cara primero. Después me embolsa el vestido, infla mi camisa. Y de 500 a 0 en un suspiro, nivel del mar. Un «último» suspiro entre comillas.

C'est fini, è tutto finito, a otra cosa, mariposa.

En la siguiente vida viviría un año menos (1938-1983). No quiero recordar ese ciclo, que es el de mi padre nazi, ese que creo haber referido al comienzo de estos escritos. No pienso dedicarle ni una página más.

Después llegaría mi vida preferida, trece años compartidos con mi madre Maribel. En ninguna tuve el recuerdo de la caja de seguridad, así que debí esperar a cumplir cuarenta y seis años en esta misma vida para recuperar los libros prohibidos de mi padre Iruela. Ahora van setenta y tres años, y sumando.

Eso tengo que hacer: repetir fechas, nombres, lugares. Si lo hago, no me va a volver a pasar lo de ayer. Le prometí a Uma que más tarde le leería algo más de mi novela. Dijo: «Léame otro cachito de su novela». Uma es la que mejor me cae. Con las otras dos tenemos una relación de recíproco desdén. Yo no les pido nada y les digo a todo que sí; ellas me dejan quedarme sola mientras todos los demás vejetes se juntan a ver la televisión.

Al igual que todo el mundo, Uma cree que esto que escribo es ficción. Ese es un pequeño placer que me ha regalado ser escritora: hacer pasar por falsas las verdades más íntimas.

Creo que Uma ha sido la única que se ha dado cuenta. De esto que me está pasando. Desde el lunes, cuando lo del desmayo, no hay momento en que levante la cabeza y ella no esté mirándome. A veces lo hace muy disimuladamente; otras, se para en el medio del salón con los brazos en jarra y me observa. Eso lo ha hecho siempre. Pero, desde el lunes, lo repite con más frecuencia. Yo hago como que no la veo, nublo la mirada y me quedo un largo rato con los ojos como perdidos, y entonces Uma dice algo y yo finjo asustarme.

—¿Qué pasa, señora Ki? —dice como canturreando—. ¿Soñando despierta?

Desde mi silla, yo sonrío y asiento con la cabeza, como si no estuviera muy segura de desde dónde viene esa voz. Pero yo lo sé. No podrán creerlo: tengo la misma capacidad visual que hace treinta años. O más. La cabeza me fallará todo lo que quiera, lo mismo el oído, que si no me esfuerzo en leer los labios, ni me entero, pero estos ojos permanecen intactos.

Siempre que le leo, Uma se sienta en frente de mí, cruza una pierna y apoya ambas manos sobre la rodilla. La derecha siempre. Y así se queda hasta que acabo. Me mira fijamente y permanece inmóvil mientras avanzo con la lectura. Una vez me dijo que tengo la voz muy bonita, que también debería haber sido locutora. Se trataba de un cumplido, nada más: sé que mi vieja voz se quiebra cada tres palabras y que las vocales oscilan y dan la sensación de que en cualquier momento se caen.

Ninguno de los vejetes se acerca. ¡Gracias a Dios! Lo mismo que con Melody y Almendra: ellos allá, lejos; yo por aquí, en mi mundo. La última que se me acercó fue una tal Ingrid, una vieja que en otra vida habrá sido maquilladora y que va y viene con un neceser debajo del brazo queriendo conversar con todo el mundo acerca del noble arte de la cosmetología.

—Si me presta un maquillaje —le dije—, le pinto un ojo de negro.

No volvió más. Ni ella ni nadie. Puedo seguir escribiendo.

A Uma sí la espero. Le quiero leer ese cachito que intenté escribir y no pude. Así que voy a retomar desde donde dejé. Aunque mejor me organizo, que no quiero desorientarme otra vez. Si me lo repito una y mil veces, seguro no se me olvida más. Qué vergüenza.

- **1403-1345 a. n. e.**
  Fui Wang Chao. Adivino.

- **465-498**
  Bagdad, Persia, India. Fui narradora de cuentos, esposa de Sahriyar, el rey niño.

- **523-542**
  Constantinopla y la maldita plaga de Justiniano.

- **832-878**
  Northumbria. No hubo paz entre batallas.

- **891-942**
  Mi padre Kuzmin y la Rus de Kiev.

- **989-1060**
  Una de mis vidas más longevas. Traductora.

- **1608-1671**
  Santa María. Una vida nada breve.

- **1671-1692**
  Mi Elisa. La amo todavía. Suicidio.

- **1692-1757**
  Bucaneros en Isla Tortuga. Fui intérprete.

- **1757-1778**
  Boston. Ceguera gradual.

- **1778-1834**
  Prusia. Fui cronista al servicio del obispo de Tuy.

- **1834-1892**
  Pecados y obsesiones de Charles Darwin.

- **1892-1938**
  Mi padre Iruela, A. Christie y los libros prohibidos. Suicidio.

- ~~**1938-1983**~~
  ~~Ojalá no hubiera pasado.~~

- **1983-1996**
  Mi madre Maribel.

Repitiéndomelo de tanto en tanto, quizá ya no vuelva a entremezclar los recuerdos.

¿Dónde me había quedado?

465-498 Persia

Ver que, continuamente, todos los seres ya sidos, vuelven a ser.

El libro egipcio de los muertos

MANUSCRITO

Una vez recorrí todo Bagdad en busca de un tratado de Hafez Al-Jayam, que nunca encontré. Decepcionada por no dar con el regalo perfecto para mi amado señor Sahriyar, volví al palacio y decidí que me encargaría de hacerle un regalo todavía mejor.

Reclamé los servicios de uno de los escribas de mi rey y le relaté lo que debía copiar. El manuscrito de mi historia sería lo que le obsequiaría al rey niño en su próximo aniversario como califa de Bagdad. Esto fue lo que conté:

يقولون إن امرأة عجوز حملت ذكرى ألف روح وواحدة أخرى جاءت إلى بلدة بعيدة ، أراضٍ حيث تبتعد الشمس. تذكرت ماضيها وكانت هي نفسها كاتبة لتلك الاستدعاءات. لقد نسخ كل ذكرياته ، ويجب أن يكون قد جمع ألفًا وواحدًا من المخطوطات ، واحدة لكل ماضي.

من بينهم جميعًا ، كانت هناك ذكرى واحدة اشتاق إليها أكثر من أي ذكرى. كانت تلك التي شارك فيها روحه مع ملك لا قلب له بقدر ما كان حنونًا. فُقد اسم هذه المرأة العجوز في نهاية الوقت. لا يُعرف أكثر من ذلك أنه أينما ذهب كان يحمل ذكرى حبه لذلك الملك ، الذي سماه سرًّا الملك الطفل.

اسم الملك حُكبر.

وقد أحبه لألف حياة وحيّة أخرى.

Cuentan que llegó a un pueblo lejano, tierras donde mengua el sol, una mujer muy anciana que cargaba con la memoria de mil vidas y una más. Rememoraba su pasado y era ella misma escriba de esas evocaciones. Copió cada uno de sus recuerdos, y debió reunir mil y un pergaminos, uno por cada pasado.

De entre todos, había un recuerdo que añoraba y ocupaba el centro de su corazón. Era aquel en el que había compartido su alma con un rey tan desalmado como afectuoso. El nombre de esta anciana se perdió en el fin de los tiempos. Se sabe nada más que, adonde iba, llevaba el recuerdo de su amor por ese rey, al que secretamente llamaba rey niño.

El nombre del rey era Sahriyar.

Y ella lo amó durante mil vidas y una más.

Si voy a olvidarme de mi querido rey niño, si la vejez va a arrasar con todos mis recuerdos, entonces será que ya he vivido mil y una vidas, que equivale a decir que fueron infinitas. No voy a renunciar al pacto de amor que sellé con mi amado Sahriyar, no voy a incumplir aquella promesa, por mucho que mi cabeza tonta se empeñe en lo contrario. Tengo que recordar. Siempre.

Bagdad, Persia, rey niño, Sahriyar.

Bagdad, Persia, rey niño, Sahriyar.

Bagdad, Persia...

Eso: debo concentrarme, repetirme los datos imprescindibles de cada vida. Así tal vez no se me pierda la cabeza.

Rey niño, Sahriyar, Bagdad, Persia.

¿Qué pasó después con el manuscrito? Me refiero a después de regalárselo. No estoy segura. Semanas después de la celebración de su califato, mi vida se apagó. Ya he dicho que mis últimos instantes se me escapan como arena entre los dedos. Imagino que me pidió que fuera yo quien se lo leyera, que quiso oír de mi propia voz el cuento que con tanto cariño le había escrito.

Hacía mucho tiempo que no me convocaba para que le contara una historia, pero de tanto en tanto jugábamos a evocar nuestras primeras noches, y mi rey se desentendía de los asuntos que lo hostigaban y volvíamos a ser solo él y yo.

Cuéntame, dulce Sherezade. Tu voz disipa las arenas del tiempo.

Así me llamaba: «Dulce Sherezade». Desde la primera noche (que creo que fue la noche cincuenta y tres), en que lo pronunció con recelo y escepticismo, hasta los últimos días de mi vida, donde esas dos palabras funcionaban como salvoconducto hacia la nostalgia, mediante el cual regresábamos a nuestras lejanas primeras mil y una noches.

Dulce Sherezade.

Unos días después, ese ciclo llegaría a su fin. Y aunque muchos han asegurado lo contrario (en estos últimos tiempos, sobre todo), estoy segura de que mi amado Sahriyar, querido rey niño, no tuvo nada que ver con mi muerte. Eso nunca estuvo en discusión. Hay que ser un cretino para mancillar su nombre después de dieciséis siglos nada más que para postular teorías innovadoras. Nunca nada más desatinado. No había motivos.

Que yo pasara algunas horas en compañía de uno de los escribas no era algo que pudiera ser visto con mal ojo. Y por mucho que a historiadores y «pensadores» les cueste creerlo, mi amado Sahriyar ya no era aquel sujeto inseguro y bárbaro que había sabido ser antes de conocerme.

Y al no ser capaz de recordar aquellos últimos días, no me queda otra que inventármelos. A fin de cuentas, en mayor o menor medida, los recuerdos son siempre invenciones de nuestra memoria. De modo que elijo creer que el regalo lo deslumbró, que conservó el manuscrito para siempre como símbolo de nuestro matrimonio, de toda nuestra vida juntos.

Debo concentrarme, repetir los datos imprescindibles, no perder más recuerdos. Escribir en pequeños módulos, para no enredarme.

Rey niño, Sahriyar, Bagdad, Persia.

Dulce Sherezade.

1996-2069 Isla Velhice

Y entonces te llegará la muerte fuera del mar, una muerte muy suave que te consuma agotado bajo la suave vejez.

La odisea, Homero

OCTAVIO: MÓDULO 1

Vino a visitarme. Octavio. Sé que he contado quién es
Octavio Bloom en alguno de los cuadernos, pero son
tantos ya que es un lío revisarlos todo el tiempo. En fin:
Octavio es mi editor y mi amigo. Estuve a punto de contarle mi sueño del lunes, me parecía que tenía que confesarle
que pronto me voy a morir. No lo hice. En su lugar, le dije que
estaba escribiendo mis memorias, que tal vez más adelante
podría leerlas y, si las juzgaba interesantes, incluso podría
publicarlas.

Se quedó mirándome durante unos segundos. Y otra vez
percibí ese instante como una grata eternidad. No dijimos
nada. A veces nos quedamos callados y está bien así, nos conocemos desde siempre y, con el tiempo, hemos aprendido a
disfrutar también de los silencios. Una vez escribí un cuento
que se llamó «Adivinanza» o «Acertijo», no me acuerdo bien,
donde intenté emular esa conexión que tenemos Octavio y
yo, ese vínculo que no es como el de dos amantes, pero a veces supo ser así de intenso; tampoco es como la relación que
tienen dos hermanos muy unidos, aunque sin dudas es tanto
o más leal. No puedo describirlo con palabras, vaya pluma la
mía: torpe, vieja, inútil.

Ahora que lo pienso, los cuadernos me los trajo él, tal vez por
eso me miraba así, tal vez le estaba hablando de mis memorias

creyendo contárselo por primera vez y no hacía más que repetir algo que ya le había dicho mil veces.

Como todos los jueves, trajo alfajores de maicena. Mientras desplegaba sobre la mesa del jardín el celofán que envolvía uno de los alfajores, dijo:

—Si por mi fuera, Eva, publicaría cada palabra que escribas, lo sabes.

—No sería la primera vez que me rechazas un texto.

Partió un pedacito de alfajor y detuvo la mano a unos centímetros de su boca, me miró y dijo:

—Eso, querida Eva, no me lo perdonaré jamás. —Masticó el alfajor y enarcó las cejas—. Lo sabes.

No hacía falta que dijéramos más, no era la primera vez que se lo recriminaba. Me refería a *Los libros prohibidos de Eva Ki*, que yo había debido publicar con Cercle Magique, una pequeña editorial francesa, después de que Octavio me dijera que en francés podía tener sus méritos, pero que se trataba de una novela intraducible.

Conversamos mucho, como siempre. Me contó con entusiasmo que acababa de firmar contrato con un autor argentino, no recuerdo su nombre, Cristian algo… o Cristiano. También me contó que estaba a punto de cerrar la compra de los derechos de distribución de una saga fantástica que, esperaba, se convertiría en un éxito de ventas.

Si no le hablé de mi sueño fue porque lo noté muy emocionado: no quise amargarle la tarde. Ya se enteraría al leer este módulo que lleva su nombre. ¡Hey, Octavio! verás que en este momento mi cabeza es un caos, pero aquí estoy, no te he olvidado aún.

En lugar de contarle lo de mi sueño premonitorio, le hablé de Uma. Creí que le interesaría, y no me equivocaba. Siempre se preocupa por saber cómo me tratan aquí. Al parecer, él tuvo algo que ver con la llegada de esa chica.

—Me alegra saber que te encuentras bien.

Le dije que yo, sobre todo, me encontraba bien cuando él me visitaba. Eso o algo muy parecido le dije, y ahora eso me da una mínima satisfacción. Porque en estos cuadernos puedo decir muchas cosas y despedirme o intentar redimirme con todo el mundo, pero también es bueno poder decirlas cara a cara. Sobre todo tratándose de las últimas palabras que una va a pronunciar. Hice bien en decirle que disfrutaba de su compañía. Me hace bien. Por mí y por él.

La mayoría de las veces, no tenemos la oportunidad de despedirnos, de decir aquello realmente importante.

Una vez, lo último que dije antes de morirme fue: «De haberlo sabido, no vengo».

En otra ocasión, dije: «¡Ay!».

Recuerdo que en una vida me despedí con una carcajada, de puro nervio. Pero la frase más memorable fue aquella que dije al recibir un hachazo en el hombro. «Me han matado», dije. Y no sé cuántas horas de agonía siguieron después, pero fueron muchas y muy dolorosas, hasta que finalmente todo se nubló y, después de otro rato, se apagó la luz.

Así que me alegra haberle dicho eso a Octavio. Él es un gran hombre. Lo eres, Octavio. Gracias por eso. Por esa gran adivinanza que han sido estos cuarenta y seis años juntos.

Nota editorial

En Umbriel Editores creemos que una apostilla al respecto del apartado anterior complementa el presente volumen y, tal vez, lo robustece. Por tal motivo, hemos considerado oportuno poner a disposición del lector el cuento titulado «La adivinanza». Publicado por primera vez en su antología llamada *A otra cosa, mariposa*.

Mucho se ha hablado acerca de este cuento en particular y del volumen que lo comprende en general, demasiada exégesis se ha hecho de las historias que Eva Ki ha publicado durante su vida, de modo que como editor de Umbriel y amigo de la autora, procuraré no sumar palabras a las tantas veces dichas. Sobre todo tratándose de un cuento que apela al silencio, a lo no dicho.

Eva Ki ha procurado siempre que sean sus textos los que hablen por ella, y ahora por fin su legado puede pronunciarse infinitamente, mientras ella permanece en el silencio perfecto que otorgan la sabiduría y la muerte, y en el recuerdo de quienes la echamos de menos.

Que hablen, pues, sus textos.

Que lleguen a tus oídos, fiel y amable lector. Que los conserves para siempre como esas voces antiquísimas permanecen en el eco de un caracol de mar. Ese y no otro es el fin de la literatura.

Que seas capaz de descifrar la adivinanza. O que ni siquiera lo intentes, que a fin de cuentas puede que sea esa la solución del enigma.

Octavio Bloom
Director de Umbriel Editores

LA ADIVINANZA

Se encontraban todas las tardes, desde hacía más de tres años, en aquel solitario banco de la plaza. Más de mil días, sin faltar uno solo.

La primera vez, él tenía ochenta años. Ella, algunos menos. Mil días y más. Compartiendo las tardes. Gozando del privilegio de la mutua compañía. Viviendo.

Desde el primer encuentro, cumplieron con el ritual diario de encontrarse a las seis de la tarde; de ubicarse cada uno en su extremo del banco antes negro, ahora oxidado; de pronunciar el saludo de siempre:

—Un día más —decía él.

—Un día menos —decía ella.

El saludo, así como el banco, la plaza, la hora, también era siempre el mismo. Aunque a veces era ella quien decía:

—Un día más.

Y él respondía con su santo y seña:

—Un día menos.

Pero había otro ritual. Uno que, quizá, explicaba por qué, durante tres años, no habían faltado siquiera una sola vez: la adivinanza.

La adivinanza había sido la forma en que él había logrado acercarse a ella la primera tarde.

—Soy un viejo terco —le había dicho él, al tiempo que se sentaba al lado de ella—. Pero prometo no molestarla si resuelve una adivinanza.

—Que es viejo ya lo había advertido —dijo ella aplastando el monedero contra su regazo.

Él no le respondió. Pronunció la adivinanza. Despacio. Con la misma lentitud con la que lo haría durante tres años más a partir de aquel día:

«Bajo las redes del viento voy, pero prefiero no volar. Jamás de los jamases sabrá quién soy, aunque soy dulce como el mar».

Ella lo miró, frunció el ceño y dijo:

—De nuevo.

Él volvió a recitar la adivinanza. Y ha estado recitándola durante más de tres años. Y ella ha intentado durante todas estas tardes resolverla.

Así hasta ayer.

Después de poco más de tres años, (quizá porque a los ochenta y tres uno no quiere conservar secretos nuevos) él dio la respuesta a la adivinanza antes de que ella planteara la pregunta de siempre.

«¿Seguro que no es una fruta?», arriesgaba en broma ella.

Pero antes que ella hiciera esa pregunta, que también formaba parte del ritual, él lanzó la respuesta al aire. Y apenas hubo terminado de decirlo, él sintió que acababa de traicionar tres años de su vida. De la vida de ella que, gracias a aquella adivinanza, había sido, al menos en parte, también un poco suya.

La tarde transcurrió en silencio. Lenta y pesada. Como habían sido las tardes hasta la primera vez que habían empezado con ese juego.

Ella no dijo nada más.

Él no intentó hablar tampoco.

Tres años. Y en un chasquido él los había convertido en nada con la facilidad con que el viento derriba un castillo de naipes. ¿Por qué lo había hecho? ¿Por qué había desbaratado aquello que había conseguido unir a dos desconocidos, a dos viejos? ¿Por qué había destruido lo que, de alguna manera, los había salvado de la soledad, de la muerte misma?

No lo supo. Y decidió no hurgar demasiado.

Un rato más pasaron en ese banco, que alguna vez había sido de ellos. Hasta que, trabajosamente, inevitablemente, ella se levantó.

Lo miró apenas un segundo.

—Un día más —dijo. Y se marchó con una sonrisa claramente fingida.

Él la vio marcharse. Cuando quiso responder, ya era tarde: ella ya se había ido.

A la tarde siguiente, ella no apareció.

Él la esperó unos minutos. No más de diez: en su interior sabía que ella no iría. El ritual había llegado a su fin.

Él se había imaginado ese momento, el de la resolución, muchas veces. Pero jamás de los jamases, como decía la adivinanza, había sospechado que con la solución del enigma llegaría también, y otra vez, el vacío, la ausencia. ¡Qué estúpido!

Comprendió que no volverían a verse. Nunca.

Supo también que otra vez ya nada tenía sentido.

—Un día más —murmuró, mientras se levantaba.

UMA: MÓDULO 1

Uma es la más nueva: entró a Mis Años Felices dos semanas después de que yo llegara. No había empezado a adaptarme al lugar y a las rutinas y preferencias (por no decir caprichos) de Melody, Almendra y Leonardo (a quien Uma reemplazó), y ya me presentaban a esta chica nueva que, nada más llegar, confesó ser admiradora de mis libros.

«Tiene mucha experiencia», le oía decir entre dientes a todo el mundo. No sé experiencia en qué, cuáles son los conocimientos que se debe demostrar para obtener trabajo en un geriátrico. ¿Enfermería? ¿Alguna clase de aptitud pedagógica? ¿Psicología? ¿Cierto rango militar? Quién sabe.

Uma alterna con Melody entre el turno mañana y el turno tarde. Que yo sepa, nunca ha estado en el turno noche, aunque muchas veces se va cuando ya todos dormimos o fingimos dormir. Melody siempre llega a cualquier hora cuando le toca el turno tarde: sabe que igual Uma se queda una o dos horas más. Le pagarán horas extras o amará mucho su trabajo: esta chica no tiene vida propia.

La verdad es que al principio el nombre Uma me desagradaba tanto como el nombre Almendra o Melody, tal vez incluso más. De un tiempo a esta parte, no me parece un nombre demasiado feo. Una se acostumbra. Si una es capaz de habituarse a las heridas y a las desgracias, cómo no se va a acostumbrar a los nombres raros. Como me pasó a mí cuando me llamaban Ciruela o Ciru. O con Romelia misma: de no haber sido porque mi madre Maribel me la nombraba tanto desde tan pequeña, me habría resultado un nombre de lo más peculiar.

Estoy pensando mucho en Uma porque le prometí que le leería «un cachito» de esto que estoy escribiendo, así que no pongo una palabra sin pensar qué cara va a poner cuando le lea. No de esto, desde luego, sino de lo otro: de lo del rey niño. Siempre hace que sí con la cabeza, como validando lo que acaba de oír, como si no se tratase de algo que escucha, sino de un recuerdo que necesita su visto bueno, su aprobación.

Si pienso en Uma es también por ese sueño premonitorio del lunes. ¿Fue el lunes? Otra vez la cabeza.

Bagdad, Persia, rey niño, Sahriyar.
Rus de Kiev, papá Kuzmin.
Salem, Elisabeth, mi Elisa.
Bagdad, Persia, rey niño, Sahriyar.

Me alegra que vaya a estar Uma cuando suceda. Lo del sueño premonitorio digo. Y que no esté Melody, por ejemplo, que, en lugar de ayudarme, seguro que estaría aplastada en su silla con la cara pegada a esa pantallita que la tiene como tonta todo el santo día. De Almendra solo puedo decir que muy rara vez abandona su sitio en la recepción, pero como su principal tarea es verificar que los vejetes durmamos sin problemas durante la noche, no tiene mucho más para hacer.

Cuando Uma venga, le voy a leer ese fragmento del rey niño. Tal vez se lo lea en persa también, para que vea que nada de lo que escribo es ficción, que he vivido cada una de las vidas que narro, que tanto estas páginas como lo que ella leyó en *Relatos sin tiempo de Eva Ki*, sucedieron de verdad. Todo esto me pasó a mí, a una de mis versiones pasadas. Al igual que aquello que conté en *Les livres interdits d'Eva Ki* y en mis otros libros, los que componen no mi obra, sino mi vasta y secreta biografía.

Uma: módulo 2

L e leí a Uma un cachito de mi ciclo con el rey niño, y resultó que ya se lo había leído.

—Ayer, señora Ki —me dijo—. Me lo leyó ayer.

La verdad es que no lo recuerdo. No sé qué cara puse, pero enseguida Uma empezó con que no había problema, que igual le interesaba volver a escucharme, que le gustaba cómo había podido captar las formas de esa época. Y no sé cuánto tiempo debí mantener esa cara, porque siguió con que a todos nos pasa, que a ella misma le pasa todo el tiempo, eso de contar las cosas más de una vez, sobre todo cuando son cosas que desea compartir con alguien, que no me preocupe, que necesito descansar.

¿Cómo no me voy a preocupar? En cuanto acabó de decirme eso, me invadió una duda enorme, igual que si alguien me hubiera apagado la memoria, el interruptor abajo y *chas*, pantalla en negro. Y mientras Uma me hablaba con un enmascarado tono condescendiente y me acariciaba la espalda, me confundí o me perdí, no sé, y de pronto me vi preguntándome quién era ella y por qué le permitía que me tocase. Dos o tres veces me lo pregunté, no más, hasta que recordé que se trataba de Uma, y me dieron unas ganas enormes de pedirle perdón, qué vergüenza. Me aguanté las lágrimas. Empecé otra vez:

Bagdad, Persia, Sahriyar.
Kiev, papá Kuzmin.
Salem, mi Elisa.
Uma, Mis Años Felices, Eva Ki.

Lo repetía mentalmente, no lo decía en voz alta: no quería que, además de bastante desorientada, Uma me viera repitiendo incoherencias como quien reza porque se viene el fin del mundo. Así que se me ocurrió que tenía que decir algo, que permanecer en silencio amplificaría la sensación de incomodidad y desconcierto que la situación ya tenía.

Se me ocurrió contarle algo que me sabía muy bien. Algo que no tenía escrito, ni en estos cuadernos ni en ningún lado (creo), algo que transcribo ahora, por si a Uma un día se le ocurre ojear estos cuadernos.

Según mi madre Maribel, una vez nací el día más caluroso del año. Esa vez me tocó ser de capricornio. Del 20 de enero. Ascendente en Aries, por haber nacido a la 13:30 del mediodía. Por eso yo era tan independiente, porque ocultaba un espíritu muy rebelde.

Eso se debía a que a la 13:30 del mediodía, capricornio tenía su luna en aries. Pero un poco también porque así era mi padre: rebelde, desobediente. «Indomable», me decía mi madre siempre. «Tu papá era indomable», empezaba diciendo cada vez que le pedía que me hablara de él.

A veces mi mamá mezclaba lo que había leído en *El gran libro del horóscopo*, con lo que su amiga Romelia le había enseñado, con lo que ella misma pensaba de mí, resultando de esa mezcolanza pronósticos de muy dudosa rigurosidad, pero que siempre me fascinaba escuchar.

«Sos muy generosa, Eva. No lo podés evitar. Y muy perdonadora. Eso está muy bien. Ser rencorosa es una estupidez. Hay mucha gente resentida dando vueltas, Eva. No suman. Es preferible ser de las que dejan pasar las cosas. Aunque te traiga muchos dolores de cabeza ser así, al final del día te vas a ir a dormir con la conciencia tranquila. Y eso, creeme, vale oro. Quién pudiera... Para colmo, tenés a Mercurio en capricornio, ¡han cantado línea! Vas a ser, Eva, aunque ya se va viendo que es así, una mujer muy ordenada». «Ordenada acá», me señaló el corazón «y ordenada acá arriba». Me dio pequeños golpecitos con el índice en la sien. Sonrió.

Después siguió diciendo cosas acerca de mi futuro, pero yo ya no la oía. No sé qué edad tenía ni qué hora era, pero no había dudas de que era la hora de dormir, al menos para mí. Así que, mientras mi madre Maribel me acariciaba la cabeza y la frente con el mismo dedo que hasta hacía poco me había percutido levemente en la sien, yo me dejaba empujar a un sueño sin sueños. Una de esas tantas noches en las que no soñaría con mis vidas futuras. Tendría seis o siete años. Esa vez me dormí como quien se deja devorar por un vacío negro: feliz, azorada, rendida.

Uma me miró como si yo fuera esa Eva de no más de siete años y no este vejestorio que soy ahora. Le brillaban los ojos. Le dije «Gracias» y mientras ella se levantaba, yo empecé de nuevo:

Bagdad, Persia, Sahriyar.
Salem, mi Elisa.
Mi madre Maribel.
Uma, Mis Años Felices, Eva Ki.

Temí que ese inocente vacío negro al que me consagraba en esa vida, hoy no fuera otra cosa que la senectud, el olvido, la nada.

Un cliché

Siempre creí que la memoria era elástica. Que una podía adiestrarla, ejercitarla al igual que se ejercitan los bíceps o las cuerdas vocales. Que se trataba de algo flexible: la memoria, al igual que el bambú (y he aquí el cliché anunciado), como un elemento flexible y maleable, capaz de resistir, sin quebrarse, los vientos más impetuosos.

Para hundirme completamente en el profundo lodazal de los lugares comunes, diré que descubrí que la memoria es el roble: no importa lo firme, duro y resistente que aparente ser, más tarde o más temprano, llegará un viento que lo quebrará.

Eso fue lo que me pasó a mí, a mi memoria. Se quebró. El lunes tal vez, cuando me llegaron todos esos pasados nuevos. Tal vez esos recuerdos soplaron demasiado fuerte y, harta de doblarse, mi memoria decidió que ya estaba bien, que no aguantaría un día más, *crack*... ¡y fuera abajo!

No hay lugar para el reproche: han sido muchos los recuerdos que ha soportado, quién sabe cuánto tiempo llevaba resistiendo. Tal vez le hacían falta uno o dos recuerdos nuevos para despedazarse, y no vengo y la cargo con quién sabe cuántos pasados, todos juntos y en un segundo, así no hay memoria que aguante, mucho menos después de setenta y tres años, después de milenios sin hacer otra cosa que colmarla, poco a poco, gota a gota, hasta que ha rebalsado y de pronto ha transmutado la alegoría; la memoria ya no es un tronco, sino una fuente, un manantial, ya ni escribir se me está dando bien, ni siquiera estas tonterías que no van a ninguna parte. Será mejor que lo empiece a aceptar, y a otra cosa, mariposa.

INFORME PSICOLÓGICO
Doctora Uma Noemí Faltsua

Novena aproximación

24 de abril. La señora Ki me leyó un nuevo fragmento de su novela. No volvió a mencionar su sueño de estrellas tambaleantes, que ya he reseñado en informes anteriores, pero no he olvidado el asunto. Intuyo que algo hay detrás de ese supuesto sueño recurrente. El hecho de que perciba sus historias como un lienzo al que falta pintarle el pétalo de una flor, puede significar que hay algo que su subconsciente no es capaz de incorporar, algo que provoca que su mundo se perciba inestable.

En esta ocasión, me ha leído una historia que transcurría en Persia. Yo necesitaba asegurarme de que, tal y como suponía, su cabeza no está funcionando a la perfección. Así que le he hecho creer que ya me había leído aquel fragmento. Le he dicho que lo había hecho ayer, aunque ayer apenas cruzamos palabras. No ha sabido que mentía. No ha podido evitar mostrarse desorientada. Ha empezado a darles vueltas a los ojos, ya no como quien busca dar con una respuesta, sino como quien procura encontrar una explicación, un sentido.

Le he preguntado si seguía sintiéndose tan fuerte como la tela de una araña, a lo que ha respondido balbuceando «Sí, no... no sé. Sí».

Finalmente he logrado derribar la muralla que la señora Ki erigía frente a mí en cada sesión. Al parecer, nos adentramos en la segunda fase de su trastorno. A partir de ahora, sobrevendrán el desánimo y la frustración. Más adelante no podrá escribir, olvidará nombres, lugares, incluso palabras.

Por cierto, ha vuelto a llamarme Emma.

Por esa razón he considerado imprescindible indagar en sus cuadernos. He aprovechado la visita del señor Bloom y me he hecho con dos de ellos cuando la señora Ki no estaba.

Ya habiéndolos leído, sé a qué atenernos. Sin dudas, la señora Ki tiene una relación conflictiva con la muerte. No puedo asegurar que sea una persona creyente. Pero deduzco que, al no dejarse conmover por las promesas cristianas de Infierno y Paraíso, ha debido de indagar en religiones orientales como el hinduismo o el budismo, donde se cree que, tras la muerte, el alma empieza una nueva vida en un cuerpo diferente. Sospecho que fue allí donde la señora Ki halló una respuesta satisfactoria para afrontar su propia desaparición física. Esa es la manera en que soporta el destino de muerte, su consuelo. El hecho de que su salud vaya cuesta abajo colabora para que la realidad y la ficción se confundan.

Y la confundan.

Es habitual que estos trastornos se agraven cuando el afectado ostenta una gran creatividad. Y vaya si es grande la imaginación de Eva Ki. Extraordinaria. No le hicieron falta más que unos cuantos cuadernos escritos a mano y la idea de reencarnación para experimentar tales fascinantes vidas.

Esto es poco profesional, pero he de decirlo, antes de profesional soy persona: es muy lamentable ver cómo se desmoronan incluso las mentes más ingeniosas. Una pena. No hay tratamiento para revertir la senectud. No nos queda más que acompañarla, evitar que se lastime, escucharla. Y recordarla como la que fue, no como la que, seguramente, muy pronto será.

Sus hijos aún no han venido a visitarla. Solo el señor Bloom.

1671-1692 Salem

Descubrí el sabor de la muerte; y la muerte sabe amarga porque es nacimiento, porque es miedo e incertidumbre ante una aterradora renovación.

Demian, Hermann Hesse

ADIÓS, ELISABETH

Estábamos en la cama. Una vela mortecina se contorneaba y dibujaba figuras en la pared. Pronto se apagaría y quedaríamos en penumbra. Le dije que sentía que nunca había amado como la amaba a ella. Elisabeth se burló. Me dijo que claro, que era apenas una niña fingiendo ser mujer, que no había tenido tiempo para enamorarme. Jugamos a pelearnos. Nos divertía hacerlo.

Le respondí que ella sabía muy poco de mí, que no me conocía lo suficiente. Sin dejar de sonreír (en la oscuridad, la sonrisa no se me notaba, pero yo sonreía igual), dije que no nos hacía falta conocernos, era verdad, yo la amaba aun habiéndonos cruzado por primera vez hacía poco más de tres años, pero que, de todas formas, no sabíamos nada de la otra como para hacer ese tipo de afirmaciones.

—Pues, cuéntame —dijo, y percibí en su voz que ella también sonreía. Se levantó de pronto y abrió la ventana. La luna se reflejó en sus ojos, en sus dientes también: era verdad que sonreía. Volvió a la cama. La vela se apagó, ahora era el cielo el que nos permitía distinguirnos.

—A ti te lo contaré todo —dije y me senté a su lado. Nunca lo había hecho, pero de alguna forma sabía que esa noche le contaría lo que fuera que ella quisiera saber, se lo confesaría todo. No sabía que esa sería nuestra última noche. Aunque lo *sabía*.

Me pidió que le hablara de mis anteriores amores. De todas ellas, una por una.

—O *ellos* —murmuró.

No le mentí: le enumeré todos los que recordaba. Le conté de Barceló, con quien compartí apenas unas semanas, pero que valieron para recordarlo; le mencioné a Penélope, a Helena, a Valkiria, a quienes no amé pero aprecié mucho; pronuncié de memoria los nombres de amores secundarios como Chloé, Bárbara y Cicero. Por supuesto le hablé de Sahriyar también. Le dije que por ella, por Elisabeth, sentía un amor igual de intenso que aquel que fui capaz de experimentar por ese despiadado y amoroso rey niño. Y más sano.

Me quedé en silencio unos segundos y dije:

—Estoy segura: como a ti, nunca.

Al principio de mi enumeración, se mostró sorprendida. Yo nunca había mencionado el nombre Barceló. Elisabeth abrió la boca con una sonrisa que se prometía interminable y se quedó sin parpadear. Después, cuando le conté lo del rey niño, hizo como hace Uma cada vez que le leo: levantó las cejas y se quedó mirándome embelesada, atónita.

—Es mi turno —dijo al cabo de unos segundos. Se sopló el cabello de la cara, tomó aire y, con un tono más cómico que verosímil, empezó a inventar nombres.

La interrumpí con un beso.

Poco más de tres años hacía que la conocía. Desde entonces, la amaba y la deseaba en idénticas cantidades. La primera vez que la vi fue junto al río. Era día de lavado. Al menos para mí. Juro que la amé con solo verla. Elisabeth entonces era una desconocida para mí, una recién llegada. Ahora se entretenía cortando flores salvajes que prosperaban junto a las rocas, unos pasos más abajo. Se quedaba observándolas, como si temiese que una abeja saliera de entre sus pétalos o como si procurase descubrir el funcionamiento secreto de las flores. Llevaba puesto un vestido gris que se le adhería a las piernas. Yo frotaba mis prendas con jabón y cenizas. Fingía no mirarla.

Al cabo de un rato, levantó la vista con un gesto que, tiempo más tarde, ella juraría que fue inocente, pero que yo consideré de lo más sensual de este mundo. Sus ojos levemente entornados, un mechón de pelo confluyendo en su comisura, una mirada de entre pestañas que se me antojó astuta, erótica. Tal vez todo lo que pasó esa primera vez solo ocurrió en mi cabeza. Quién sabe. De cualquier modo, yo no dejaba de recordarlo.

Ahora, en cambio, no había dudas: Elisabeth apoyaba sus labios en los míos: sabían a tulipanes. Seguía siendo tan sensual como la primera vez.

—Eres preciosa —dije, y creí advertir que me temblaban los labios.

—Margarita, mi musa —me apretó la nuca y aplastó su boca contra la mía.

—Eres preciosa —intenté decir otra vez, entre una y otra estocada de su lengua. Se me quebró la voz. Cada vez que Elisa me besaba, yo tenía la certeza de besar los labios del ser más bello del mundo, me sentía la mujer más afortunada del planeta.

Recuerdo las noches completas que pasé con Elisabeth y se me eriza la piel. Juro que a veces siento sus manos acariciándome la cara. Un escalofrío, un estremecimiento que comienza en la nuca y acaba en la espalda y que, a mis setenta y tres, es todo el deleite físico al que aspiro. Dura unos segundos. No más de dos o tres. Enseguida, el recuerdo de esas noches se convierte en un único recuerdo. El de la última. Un recuerdo que está contaminado y depravado por lo que sucedería al día siguiente. Uno que debería ser puro y virtuoso. Y no lo es.

No me refiero al recuerdo de sus besos, a su aliento que sabía a tulipanes o a fruta madura, a su voz susurrando mi nombre y proclamándome su musa. Sino al recuerdo de Elisabeth durmiendo y yo poniéndome las sandalias, en silencio, y mi boca rozándole la mejilla para no despertarla. Las últimas palabras que dije la noche última. Lo que le murmuré al oído antes de irme:

—Si viviera mil vidas más, quisiera vivirlas todas contigo.

Me estaba yendo cuando oí que me respondió.

—Ya es la hora —dijo eso, o al menos fue lo que creí oír.

—Adiós, Eli.

Cerré la puerta despacio y la dejé durmiendo. No había ni una estrella en el cielo. Nada más la luna.

Ahí se acaba ese recuerdo, cualquier otro detalle estaría invadido de sentimentalismos que no deseo reflejar en estas páginas. Nos amamos mucho durante tres años. Nos amamos muchísimo esa última noche. Nos dijimos muchas otras cosas, que serán las mismas que los amantes se dicen desde el origen de los tiempos. También dijimos esas cosas que se dicen sin pronunciar palabras, en silencio y haciendo de dos cuerpos uno solo. Le prometí mil vidas y no le di ni una. Y la traicioné.

Ese día por la tarde ahorcarían a Tituba por mucho que intentáramos evitarlo. Ese mismo día por la noche yo no iría a casa de Elisabeth porque intuía que vendrían a por nosotras. A la mañana siguiente yo amanecería en el traqueteo de una desertora carreta de verduras. Esa mañana sería la última de Elisabeth, mi Elisa, amada mía, cuánto la extraño.

Adiós, *Margaretielisabeth*.

Adiós, Elisabeth, mi amor, mi vida.

Si la vejez ha de traer consigo el olvido, deseo que lo último que desaparezca sea la memoria de aquella vida, lo mucho que nos quisimos, lo felices que supimos ser.

Si viviera mil vidas más, amada Elisa, quisiera vivirlas todas contigo.

1996-2069 Isla Velhice

Dejaré de existir yo, dejarán de existir aquellos a quienes redime mi añosa memoria. Los olvidaré, así como otros me habrán de olvidar a mí. Y entonces, nunca habremos existido.

Abril marzo, **Herbert Quain**

ÚLTIMO SUEÑO

He vuelto a soñar. Esta vez no se ha tratado de un sueño nuevo, sino del mismo que tuve el lunes. Más completo ahora. No sé si lo he dicho ya, pero de un tiempo a esta parte me duermo en cualquier lado, unos minutos a veces, y con eso es suficiente para permanecer atenta unas cuantas horas, como si hubiera dormido toda la noche. El sueño ha transcurrido en una de esas cabezadas. Tan consternada me ha dejado que todavía no soy capaz de analizarlo.

Lo he titulado como «Último sueño», no porque sea el más reciente, sino porque entiendo que será el último. Hoy mismo se acaba.

Esta tarde.

Creo haber dicho que, además de este «último sueño», me resta ese que nunca pude descifrar: «El sueño de las estrellas tambaleantes», que ya descarté porque no parece tener sentido. Por lo demás, no me quedan sueños pendientes de vidas futuras, ¿no es curioso? Creo que es un fuerte indicio de que tal vez hoy se acaba, y en este caso se acaba para siempre.

El hecho de que no posea recuerdos de vidas subsiguientes, sumado a que es la primera vez en milenios que sueño con algo que va a pasar durante el mismo ciclo, y no solo una vez, sino dos veces lo he soñado, me hace entender que es más que evidente: hoy escribiré mi punto final después de tantos puntos y aparte. *It´s over. C'est fini, è tutto finito.* A otra cosa, mariposa.

Voy a aprovechar estas horas que me quedan para contar ese sueño. Le he dicho a Emma (o Uma, no estoy segura) que no tenía hambre, pero ha insistido con que al menos comiera una fruta. Me peló una mandarina. Obedecí. Así me he podido saltar el almuerzo. Mientras todos comen, yo estoy aquí, escribiendo mi futuro. He soñado lo siguiente:

Yo estoy sentada aquí mismo, en esta misma silla. Emma está frente a mí, aunque ahora que lo pienso, su nombre es Uma. Emma es muy parecido a Eva. Además, es el nombre de uno de mis personajes preferidos: Emma Rouault, más conocida como Emma Bovary; y cómo explicar que mi cabeza conserva el recuerdo de un personaje de ficción y no el de personas de carne y hueso, no el de quienes hablan a diario conmigo, con quienes cruzo miradas y comparto sonrisas y desayunos y ceños fruncidos. En fin: el nombre Emma me gusta, en cambio Uma... pero no me tengo que dispersar. Estoy sentada en el sueño, aquí mismo. Uma está enfrente, mirándome. Será que tal vez le estaba leyendo, pero no estoy segura de eso.

Suena el teléfono de recepción y Uma se levanta (de ahora en adelante la llamaré Uma, no tengo tiempo para revisar los cuadernos, tengo que ser ligera y práctica); Uma se levanta, entonces, y va hacia la recepción. Yo me empiezo a sentir rara, como llevo sintiéndome hace un tiempo, un poco como me pasa ahora, que no sé muy bien qué estoy haciendo: ¿escribo mi sueño o sueño que escribo?

Eva Ki, así me llamo. Eva Ki. Me lo repito, porque no vaya a ser que me olvide de mi nombre también, menudo fenómeno sería. Eva Ki. Eva me lo puso mi madre preferida... mi mamá... en fin, Eva. Eso es lo importante. Eva Ki. Y yo me siento así, un poco como ahora. Y quizá es peor porque Uma se acaba de levantar y me ha dejado sola y me da miedo sentirme así.

Entonces empiezo a toser. No sé si es una tos verdadera o si la finjo para llamar la atención de Uma. De cualquier modo, ella viene. Tarda, pero viene. Se arrodilla frente a mi silla, se sopla el flequillo y sonríe.

—La voy a ayudar a levantarse, señora Ki.

Yo obedezco. Siempre. Caminamos despacio atravesando el salón y en dirección al pasillo, que a la distancia me parece infinito. En el sueño, toda la secuencia me resulta morosa, sosegada, imagino que será así. Vamos despacio entonces, que a otra velocidad no puedo andar. Emma me guía por el pasillo. Al llegar al final, que resulta que había uno, me abre la puerta de la galería, donde no recuerdo haber estado alguna vez.

La puerta abierta completamente y la luz del exterior me golpea la cara. Tengo que apretar los ojos para que el resplandor no me lastime. Emma me besa la mano. Entre el destello puedo ver que además sonríe. ¡Se llama Uma! Se acerca y me susurra al oído:

—Ya es la hora, Margarita.

Al menos eso es lo que creo. No sé. Tal vez fue otra cosa, tal vez dijo: «Ya es la hora, señora Ki».

Me suelta, yo sé que debo seguir sola. Cruzo la puerta y, al otro lado, descubro que hay alguien sonriendo. En realidad es solo una sonrisa, apenas un gesto. Son extraños los sueños.

Me resulta familiar, eso sí, pero no estoy segura. Es una sonrisa que son muchas a la vez. Oigo que alguien dice: «Te hemos echado de menos». Puede que fuera yo la que dijo: «Los he echado de menos». Y ahí una bruma me devora, como suele suceder cada vez que me apago. Fin del sueño.

Empecé a escribir estos cuadernos como una forma de combatir el tedio. Buscaba también que los demás vejetes no se me acercasen: cuando sus gestos fruncidos y marchitos se sitúan frente a mí y me empujan al diálogo, descubro en sus rostros el reflejo del mío, tan viejo y quebradizo como los demás, irreconocible, inaudito. Mientras les rehuía, procuraba ordenar los recuerdos de mis muchos pasados. Inventariarlos.

Luego me motivó la voluntad de dar con el primero de todos mis recuerdos. No lo hallé, o tal vez sí, ya no lo sé, ya no sé nada en realidad. El caso es que conseguí un puñado de recuerdos nuevos, muchos de ellos antiquísimos. Y está muy bien. Pero, como resulta que la ausencia de un propósito auténtico nos lleva a trazar planes estériles creyéndolos apasionantes (y a pesar de la edad una tarda en advertir el engaño), al cabo de unas cuantas páginas, comencé a desinteresarme.

Puesto que no fui capaz de librarme del hastío, luego mi plan fue despedirme. Sosegar una conciencia atormentada. Ofrecer un mínimo homenaje a quienes hicieron posible algunos breves instantes de felicidad.

Ahora lo hago con absoluta certeza de que, algún día, más temprano que tarde (lamento no estar ahí para certificarlo), estas páginas verán la luz.

No tengo dudas de que esto se va a publicar. Es conocido el ávido interés que tienen, tanto los lectores como los editores, por las obras póstumas. Y como me voy a morir, mejor será procurar que lo que quede sea, cuanto menos, sincero. Lo peor que podría pasar sería que esta palabrería me quedara pendiente y que tuviera que ser mi editor quien debiera finiquitar un escrito que no puede completar porque no lo comprende. Así que voy a dejar algunas aclaraciones, ahora que tengo la mente despejada.

Seré yo quien escriba mi final. No va a ser magnífico, ni extraordinario, no a este ritmo y con la cabeza en fuga. Pero será un final honesto, verdadero. De eso me voy a asegurar yo en las páginas que siguen. A Octavio Bloom, mi editor, le pido que se encargue de estructurar todo de forma tal que se entienda. Sé que debí haber puesto el orden en que corresponde leerse esta palabrería. Espero que la editorial consiga darle algún sentido a todo esto. Suerte con eso, querido Octavio. Y con mi pésima caligrafía.

Qué curioso: entre tanto barullo mental, su nombre (al igual que el de Emma Bovary) me ha llegado a la primera. Octavio Bloom. Querido Octavio. Ocho veces bueno... Tendrá que ver con que, para bien o para mal, hemos pasado muchas cosas juntos. Hemos crecido juntos, creo recordar. Personal y profesionalmente. Le he hecho calentarse la cabeza con mis locuras, de eso estoy segura. Pero siempre he podido confiar en él. Ahora que lo pienso, él viene a visitarme con frecuencia. La semana pasada vino y me trajo alfajores de maicena, que sabe que me encantan. Buena gente. Pongo todo esto con la certeza de que no va a querer publicarlo, así que ahí te dejo un regalito, Octavio. Octavio Bloom: si vas a publicar esta historia, más te vale que no toques ni una coma de este párrafo. Te quiero, Octavio.

En fin: esto sin dudas se va a publicar y es mi deseo que nada de lo que he escrito aquí se cambie. Estaré muy agradecida de que se corrijan algunos nombres equivocados (excepto el de Octavio Bloom), alguna ciudad que no fue o alguna fecha errónea. Pero el contenido, más allá de la necesaria reorganización de los capítulos, debe mantenerse tal cual lo he concebido en estos cuadernos. Apelo a la voluntad de mi querido amigo Octavio y su equipo de editores para evitar

cualquier inexactitud que pudiera provocar una mala interpretación del texto: sería garrafal que los capítulos se desor-
denaran y que yo acabase más vieja y más atolondrada de lo
que realmente estoy.

El título no importa. Nunca he sido buena para ponerle
títulos a mis obras, así que eso también quedará en tus manos, amigo Octavio. Te sugiero *Las peripecias de Eva Ki y los
vejetes*, ¿crees que funcionaría?

Pensaba también que no estaría mal que finalmente acce-
diera a que publicaras *Los libros prohibidos de Eva Ki*, que es
bien sabido que no hay nada más atractivo que los libros prohibidos de una escritora muerta. De manera que tienes mi
autorización, querido Octavio. Te lo he puesto difícil, pero
aquí se acaba mi pequeño desquite por haberla rechazado en
primera instancia. Puedes hacer con mi obra, lo que quieras.
Eres bueno.

Antes de avanzar con lo que estoy empezando a sospechar de mi último sueño, quiero hacer un comunicado a modo
de testamento. Por la presente, comunico mi deseo de cederle
a Uma los beneficios correspondientes al cobro de los derechos por la venta de este texto. No sé su apellido, y ya es
tarde para ponerme a indagar. Además, puede que lo averi-
güe y enseguida me lo olvide. Tal vez lo he sabido, incluso, y
ya lo he olvidado. Tal vez se llame Emma. Da igual: hablamos
de la chica de mi último sueño. La que trabaja hoy en el turno
tarde de Mis Años Felices, residencia geriátrica desde donde
escribo estas memorias.

Mi nombre es Eva Ki. Y escribo desde Isla Velhice. He tenido un último sueño. Y ese es mi último deseo. Por primera
vez tiene sentido usar el término «último». Setenta y tres años
y la vida me pone con estas gratas inauguraciones… No importa cuántos milenios deba vivir una, la vida no deja de sor-
prenderte.

En otro orden de cosas, ahora que lo pienso, sería muy desagradecida si no me despidiera de mis lectores. A fin de cuentas, todo lo que he escrito, todo lo que mi querido Octavio ha publicado, ha sido posible nada más que por la existencia de ellos, de vosotros, amables lectores, amigos íntimos también: cómplices.

Recibid con respeto la carta que me dispongo a escribir. Espero no se pierda en medio de tanta palabrería ni se perciba como un agregado irrelevante: estoy convencida de que, en esa magnífica conversación que es un libro, la función del lector es la más importante. Y la más ardua. De manera que intentaré ofreceros unas páginas en señal de agradecimiento, como mínimo resarcimiento por las tantas insensateces que he dicho.

Por último, este texto debe tener la siguiente dedicatoria:

A mis muchos hijos, que tanto amé y tanta falta me hacen: Mariano, Belén, Jack, Irina, Alexandre, Zulema, Michael, Farid, Lostris, Gretchen, Anna, Dante, Exequiel, Máximo, Ruth, Vladimir, Rebecca, Ulises, Mixcóatl, Ivan, Frida, Ligeia, MinLing, Soraya, Bernat, Tadeo, Annipe, Simón, Harriet, Dalila, Santiago, William, Jezabel y a esa legión de hermosos hijos de quienes esta anciana no recuerda los nombres, pero aún conserva un gesto, una sonrisa, una mirada.
Eva Ki.

DE EVA KI AL LECTOR

¿Cuántas veces has matado? ¿Cuántas veces has sufrido por un amor no correspondido? ¿Cuántas el objeto de tu amor ha muerto en las garras de un destino absurdo? ¿Cuántas veces has sido un perdedor? ¿Cuántas te ha tocado ser excluido, atormentado, vapuleado?

Imagino que muchas: por mal que nos pese, los lectores sabemos de esas cosas. Pues bien: hoy será diferente. Para ti serán todo buenas noticias.

Mi nombre es Eva Ki, aunque ya he dicho que no es mi verdadero nombre. Eva Ki. Tengo setenta y tres años, y pronto me voy a hundir en el barro último, en breve me dejaré arrasar tiernamente por «la declinante noche». Y lo único que intento con esto es poner en orden algunos asuntos, que ya he dicho que tal alboroto me tiene alterada.

Como sabrás, conservo los libros prohibidos de mi padre Iruela. Y como ya he dicho (en este caso me he tomado el trabajo de revisar los cuadernos y he visto que efectivamente lo he hecho), la llave de la caja de seguridad está escondida en cierto lugar del túnel de Bonaparte, en Madrid. Hace casi unos treinta años volví a pagar el alquiler, y hace unos meses (antes de que me trajeran por mi bien a Mis Años Felices) extendí el contrato para otras diez décadas.

Se trata de una pequeña lata de caramelos Sakuma Drops, en cuyo interior he guardado la llave y todos los datos del banco. He sido siempre muy celosa con esa información, así como lo he sido acerca de mi capacidad de recordar mis muchas vidas pasadas. Pero ahora entiendo que, si no voy a regresar (tal y como parece), no tiene sentido llevarme el secreto a la tumba. Desde luego no voy a decir aquí la ubicación exacta de la caja de Sakuma Drops: ya bastantes datos he aportado, ya he reducido la búsqueda abruptamente.

Pero si esta palabrería ha de tener alguna utilidad, que sea para que el lector constante (aquel que además de toparse con estas páginas a raíz de la noticia de mi muerte, ha leído también mis otros libros), tenga la oportunidad de dar con la lata, con la llave, con los libros prohibidos.

Pues bien: hace décadas que voy dejando pistas en cada una de mis novelas, que solo sabrán interpretar aquellos lectores rigurosos, entusiastas de la novela enigma sobre todo. No tendrán más que seguir esas pistas para dar con el lugar en el que he ocultado la llave que los guiará a los libros prohibidos. Solo diré que uno de los indicios se ubica en la página cincuenta y tres de una de mis novelas, número muy representativo para mí: esa fue la noche en que el rey niño, por primera vez, me llamó «Dulce Sherezade».

Si das con ellos, te pido que conserves el secreto: los leerás y comprenderás el porqué. Y comprenderás también por qué conté lo que conté en mi novela *Les livres interdits d'Eva Ki*.

Me despido, silencioso amigo. Y es un adiós placentero, créeme. No estoy triste, tú tampoco lo estés. No hay motivos para hacer ningún escándalo. Que los libros perdurarán y, en ellos, tú y yo podremos volver a entablar una conversación tan íntima y sincera como esta misma.

Dime, silencioso amigo, cuéntame: ¿Cuántas veces un libro te ha ofrecido el mundo en la forma de un enigma? ¿Cuántas veces has leído un libro con la certeza de que tu suerte cambiaría para siempre?

Eva Ki

EVA KI

No me tengo que olvidar. Eva Ki. Así me llamo. Voy a intentar entender mi último sueño. Lo haré antes de que Emma venga y me pida que le lea. Antes de que el teléfono de recepción suene.

Uma. Se llama Uma.

Eva Ki. Eva, por mi madre Maribel. Ese era su nombre. Maribel: mi madre favorita. Y el apellido... la K... no me acuerdo, pero había un Ki que creo fue mi padre favorito también. Por eso me llamo Eva Ki. Y ella se llama Uma, un nombre que no me gusta, hay otras dos también, dos compañeras de Uma con nombres muy modernos.

No interesa cómo se llame. Lo que sí importa es que me llamó Margarita. No estoy segura, pero cada vez que pienso en esa parte del sueño, escucho que me llama así, que dice: «Ya es la hora, Margarita». Y entonces me digo que cómo puede ser. Me digo que *no puede ser*. ¿Cómo me va a llamar así? Y escribo esto a medida que lo voy pensando, porque no hay tiempo, en cualquier momento sonará el teléfono y no podré darle un cierre.

Ya es la hora, Margarita.

Solo Elisabeth me llamaba así. Mi amada Elisa.

¿Es posible que Uma sea la mismísima Elisabeth? Eso explicaría el interés y la preocupación que ha demostrado por mí desde que empezó a trabajar en Mi Felicidad, ¿se llamaba así? Que no importa, he dicho. Ella empezó a trabajar aquí después de que mis hijos me trajeran «por mi bien». ¿Será una casualidad? No tiene sentido. Es imposible.

Ya es la hora, Margarita.

El asunto es que tampoco tiene sentido nada de lo que hace milenios me pasa a mí, también es imposible morir y renacer y recordar y volver a morir y renacer, y aquí estoy yo, una total imposibilidad, la excepción que confirma la regla. Pero... ¿y si Uma es también una excepción? ¿Y si ella se encargó de cuidarme durante esta vida porque sigue amándome como yo la amo a ella? Soñar no cuesta nada.

Aunque... no sé qué pensar. Porque, si es así, si después de siglos y siglos ha podido encontrarme, entonces debería haberlo hecho también en otras vidas. ¿O será que no ha logrado rastrearme hasta ahora? ¿Será que me ha reconocido en las historias que conté en mi novela *Relatos sin tiempo de Eva Ki*? Uma me confesó haberla leído, y creo recordar que en esa historia conté muchas más cosas de mis vidas anteriores. Todo concuerda cuando una se encapricha en darle sentido a las coincidencias. No lo sé. Tal vez al leer mi novela cayó en la cuenta de que yo fui Margaret... Margarita.

No sé... no tiene sentido, nada tiene sentido. Es esta cabeza, que delira.

Bagdad, Persia, Francia, Salem, Uma, Eva Ki, Maribel, Elisabeth, Bagdad, Persia, Francia... Salem, Uma, Eva Ki. Maribel, Elisabeth, Bagdad... Persia, Francia, Salem, Uma, Eva Ki.

Tal vez también me protegió en otros ciclos. En silencio también, secretamente. Esto ya no puede considerarse una reflexión, en realidad estoy fabulando, soñando dormida.

Soñar no cuesta nada. Solo tiempo.

Tal vez mi Elisabeth es como yo, tal vez fue siempre como yo. Por eso nos encontramos una y otra vez por los siglos de los siglos. Porque cuando las almas están destinadas a estar juntas, consiguen vencer las leyes del tiempo y del espacio. Sigo soñando y me pongo cursi y patética.

Tal vez Elisabeth, mi amada Elisabeth, fue luego mi madre Maribel, tal vez fue mi padre favorito, que ahora recuerdo que tenía dos, tal vez fue los dos. Hasta pudo haber sido mi amado señor Sahriyar, el rey niño. Y así como yo nunca se lo confesé, él tampoco me lo confesó a mí.

Ya es la hora, Margarita.

Por eso ahora Uma vino y no dijo más que una frase, porque no es posible semejante revelación, así que mejor una insinuación, una palabra que me haría saber que ella es la mismísima Elisabeth. Decírmelo sin decírmelo. Como lo hice yo la vez aquella en la que le conté de todos mis anteriores amantes: esa vez le dije que había vivido mil vidas sin decirle que lo había hecho. Como cuando visité a mi madre Maribel.

Es una locura. Pero qué no lo es. Es una locura. Pero... ¿y si no? ¿Por qué, si no, en la que sería nuestra última noche, entre sueños y después de que yo me despidiera, Elisabeth me respondió: «Ya es la hora»?

Tampoco tiene sentido, ahora que lo pienso. Siempre lo consideré el balbuceo de quien duerme y pretende entablar una conversación. Ahora no sé qué pensar. Tal vez dijo: «Adiós, Maggie» o algo parecido.

Muy pronto Uma va a venir, lo siento en el aire, no quedan más que unos minutos. Me suda la mano y he notado que la hoja se ha humedecido. Los anillos me aprietan y casi puedo sentir cómo arremete el aire y los oxida y los corrompe. A mis anillos, a mis dedos. Ya no me queda más hilo en el carretel. Esto es una locura, seguro que es mi cabeza, que padece algún trastorno producto de la edad. Pero... ¿y si no?

Va a venir y seguramente le voy a leer una página cualquiera, y lo voy a hacer con una sonrisa. Una sonrisa que querrá decir que ya lo sé, que tal vez me equivoque, pero tal vez no, tal vez ella es Elisabeth y Maribel y Sahriyar y mis papás Iruela y Kuzmin, tal vez ella ha sido siempre ella y por eso mi sonrisa, porque lo sé.

Después va a sonar el teléfono y yo voy a reclamar su presencia con una tos. Ella va a venir y me va a guiar hacia mi muerte definitiva. Me va a decir: «Ya es la hora, Margarita». Y yo le voy a responder: «Adiós, Eli». Y voy a cruzar la puerta y me voy a encontrar al otro lado con todas esas sonrisas que en realidad son una única sonrisa: la sonrisa de mi madre Maribel, con sus uñas alicatadas y sus pies girando en un mundo que no se mueve; la de mi breve amiga Serilda, antes del horror; las sonrisas de mi padre Kuzmin y de mi padre Iruela, amarillas de cigarrillo las dos; la de mi exesposo René, cuando éramos jóvenes y nos queríamos; la sonrisa del rey niño también, deseosa de oír otra historia.

La dulce y blanda y alborotada sonrisa de Elisabeth... mi amiga Elisabeth.

Amada Elisa mía, perdóname, mi amor.

Te amo, te amaré siempre.

Te he echado mucho de menos.

Soy muy feliz de haber vivido mil vidas contigo.

Y la voy a abrazar bien fuerte y tal vez yo también me convierta en una sonrisa en la bruma, en el recuerdo y el fantasma de otros.

Soñar no cuesta nada.

Solo tiempo.

Y mí ya no me queda más.

FIN

INFORME PSICOLÓGICO

Doctora Uma Noemí Faltsua

Informe final

29 de abril. La señora Ki falleció hace dos días. Aunque su salud se había visto deteriorada notablemente durante este último tiempo, no esperaba que su cuerpo se rindiera tan rápido. Dejo constancia de lo que ocurrió en los últimos minutos.

La señora Ki me leyó un fragmento de lo que, creo, era lo más reciente. Le costaba articular las palabras y se demoraba en cada frase, pero logró leer el texto todo seguido, sin errores y sin mostrarse confundida. Inmediatamente después me levanté y, desde la recepción, advertí que la señora Ki sufría un ataque de tos. Me acerqué y la ayudé a incorporarse.

Es un procedimiento habitual. Una vez que el afectado pone en funcionamiento los músculos, la tos se va y el aire comienza a circular con normalidad. Creí que bastaría con caminar unos cuantos pasos por el pasillo.

Pero ella se aferró fuerte a mi brazo y me condujo hasta la puerta de la galería. Sonrió y me lanzó una mirada que volvía a ser la de la primera vez. Intenté convencerla de volver a su silla. No hizo caso. Murmuró algo que no logré oír y se desplomó, ahora de forma definitiva, junto a la puerta de la galería.

Falleció el 27 de abril. Me animo a decir que no sufrió.

Pese a que su estado de salud mental se fue deteriorando rápidamente, los últimos instantes la encontraron lúcida y de pie, con una luz resplandeciendo jovial en sus ojos. Como quisiéramos despedirnos cada uno de nosotros.

POSDATA

A raíz de las cuantiosas y más que comprensibles indagaciones al respecto de los últimos instantes de vida de nuestra querida Eva Ki, en Umbriel Editores hemos decidido transcribir, bajo la forma de una posdata, la única declaración oficial de la doctora Uma Noemí Faltsua. Esta no consta en los registros.

> OCTAVIO BLOOM: ¿Podría decirnos, en el caso de que así fuera, por qué llamó a Eva Ki con el nombre Margarita?

> UMA NOEMÍ FALTSUA: *Huelga decirlo que la confianza es uno de los cimientos emocionales fundamentales en la relación entre la terapeuta y su paciente. La señora Ki acababa de leerme un fragmento de su novela, y en ella se hacía llamar así: Margarita. Sabía que era esencial que ella sintiera que le prestaba atención, que la escuchaba. Por eso la llamé Margarita. Fue un guiño.*

Por lo que respecta a la doctora Uma Noemí Faltsua, no ha aceptado el cobro de los derechos de la presente novela. Umbriel Editores ha decidido donar tales regalías a Edad&Salud,

fundación dedicada a mejorar la calidad de vida de las personas mayores.

Como requerimiento para la inclusión de sus datos en el presente texto, la doctora Uma Noemí Faltsua exigió que se incorporaran algunas especificaciones observadas durante la residencia de Eva Ki en Mis Años Felices. Hemos reducido tales informes al mínimo, para que no entorpecieran la lectura del texto literario.

Eva Ki falleció el 27 de abril en Isla Velhice, a los setenta y tres años de edad. Ese día se registraron 361.490 nacimientos en todo el mundo. He confirmado que uno de ellos corresponde al de una niña: vino al mundo durante el terremoto que sacudió a Lisboa a las 18:32, un minuto después de que falleciera Eva Ki. El hospital no sufrió daños. La partera que cubría el turno tarde me dijo que el temblor duró apenas unos segundos, que fue todo muy rápido y que no temió por su vida, sino por la de la mujer que estaba dando a luz:

«Creí que las luces se desplomarían. Se tambaleaban como guirnaldas en un temporal. Temí sobre todo por la bebé, porque vino al mundo justo cuando las paredes comenzaron a temblar. Por suerte, tanto la niña como su madre están bien».

Ahí tienes, querida amiga mía, déjame despedirte pintando por ti el pétalo que le faltaba a tu maravilloso lienzo. Ahí tienes tu sueño premonitorio que tanto te esforzaste por descifrar. No sabes cuánto me alegra, querida amiga, haber dado con tus «estrellas tambaleantes».

Buen viaje, querida y eterna Eva Ki.

Y bienvenida otra vez.

Le sobreviven sus hijos Mariano y Belén, y sus nietos Matheo, Lorna y Evangelina.

Octavio Bloom
Hospital Cenfina, Lisboa

ALGUNOS DE LOS LIBROS
DE EVA KI PUBLICADOS
POR UMBRIEL EDITORES

RELATOS SIN TIEMPO DE EVA KI

La persecución de la verdad como energía liberadora, como soporte ético con el que la protagonista de esta historia intentará superar el recuerdo de un suceso aterrador: ese es el centro de esta novela magistral, publicada por Umbriel Editores.

La enorme precisión de su prosa, apenas atemperada con un tinte de refinada melancolía, ubicó rápidamente a *Relatos sin tiempo de Eva Ki* en el primer puesto de las listas de libros más vendidos, y situó a Eva Ki entre los más grandes escritores europeos de este siglo.

Enmarcada de forma morosa en el crepuscular escenario de una vieja casona en la Ucrania de la posguerra, narra el reencuentro de Eva Ki con tres amigos de su infancia, a quienes vuelve a ver después de toda una vida, y a quienes les cobrará una deuda de otros tiempos.

A OTRA COSA, MARIPOSA

Antología de cuentos de la prestigiosa autora de la novela *Relatos sin tiempo de Eva KI*. Once cuentos que se mantienen en un equilibrado vaivén entre lo sucesible y lo inverosímil.

Algunos relatos son evidentemente fantásticos, como es el caso de «Penélope», «Lazos» y «Bonsái»; otros acometen el género acercándose de puntillas, rodeándolo sin zambullirse en él, como los cuentos «Estrellitas doradas» y «Fotografía de Emma Heim». Sin embargo, en los once cuentos que conforman esta antología, persiste un enrarecimiento en el ambiente, un clima de desconcierto en el que las conductas de las personas son más propias del estado onírico que de la vigilia, donde sus personajes permanecen pasmados ante la conducta del derredor y se ven sometidos a ella.

UNA MUÑECA RUSA LLAMADA EVA KI

Un rasgo caracteriza esta novela tan poco convencional de Eva Ki: su condición como mediadora entre la novela realista y la novela fantástica. *Una muñeca rusa llamada Eva Ki* tiene la capacidad de desasirse de esta tendencia y optar por un cierto realismo, no exento de tintes fantásticos, sin ubicarse tampoco en el tan degradado realismo mágico.

Sí: *Una muñeca rusa llamada Eva Ki* es el germen de un nuevo género literario, al que ya los críticos pugnan por bautizar.

Aunque esta novela de Eva Ki pertenece a la ficción, su trama metaliteraria es ineludible. Los personajes que desarrollan su vida en la imaginación de la autora van apoderándose tanto de su voluntad como de la voluntad del lector, provocándonos así una enmarañada combinación de sensaciones

en las que, de una forma u otra, todos nos vemos identifica-
dos, enternecidos, sublevados.

LOS LIBROS PROHIBIDOS DE EVA KI

Los libros prohibidos de Eva Ki es una oda a la pérdida de la
inocencia, de la ingenuidad. Un canto de amor por la lectura,
por los libros y por los lectores.

La protagonista de esta historia da con los libros prohibidos, y descubre en ellos que el mundo no es como se lo
pintaron: se topa en su lectura con un sinfín de mentiras y
conspiraciones, de conjuras y sociedades secretas. Un mundo en el que los lectores son observados, vigilados, tortura-
dos.

Los libros prohibidos de Eva Ki es una novela inclasificable,
llena de ritmo, de giros inesperados, de personajes entrañables, en la que la autora exhibe una prosa magistral, sin prescindir de largos tramos poéticos, con los que pareciera querer
devolverle una pizca de belleza al mundo. Al mundo de los
libros, al que sin dudas ama y venera.

AGRADECIMIENTOS

Tengo la fortuna de gozar del afecto de un puñado de amigos que me quieren y que (¡vaya suerte la mía!) pierden buena parte de su tiempo leyéndome.

Durante la creación de *Todas las vidas de Eva Ki* participaron, en mayor o menor medida, muchos de esos amigos. A ellos les dedico estas últimas líneas, como mínimo agradecimiento.

A Pablo Mariani y a Noelia Hoorn, talentosos y entrañables amigos de por vida. A la escritora Jorgelina Etze, por sus consejos y por el apoyo durante la primerísima versión. A Carlos Román, lector y escritor al que admiro profundamente. Sus pequeñas intervenciones en esta novela son prueba de su ingenio. Sé que pronto el mundo conocerá su gran talento como narrador, y eso me pondrá feliz. Al queridísimo Miguel Ángel Di Giovanni, por su generosidad y su inteligencia; y por esas extrañas coincidencias que, tal vez, algún día lograremos descifrar. A Pablo Laborde, de los mejores cuentistas argentinos del momento: el placer estético que me provocan la lectura y relectura de sus cuentos es lo que procuro remedar toda vez que escribo. ¡Gracias por tu lectura afilada y comprometida, querido Pablo! A Leo Teti, por motivarme a soñar en grande y por ayudarme a que esos sueños se cumplan. También a mi colega y amiga

Shanin Dāneshvar, siempre dispuesta a corregir mi desatinado farsi.

A Morena y Facundo, por permitirme aprender de sus aciertos y mis errores. A Yael, por acompañarme a diario, pacientemente, en esta locura que es vivir entre libros. Los tres atravesaron conmigo las demasiadas versiones de esta historia.

Vaya también un pequeño homenaje a esos grandísimos escritores (de cuya amistad me vanaglorio en secreto) que suscitaron, sin sospecharlo ni premeditarlo, la creación de esta pequeña historia: Vila-Matas, Calvino, Machado de Assis, Cortés.

Y desde luego, a mi apreciada amiga Evangelina K. Por autorizarme a contar su extraordinaria historia como si fuera propia.

Cristian Acevedo
Charcas y Armenia, 15 de marzo de 2022